HÖR NICHTS BÖSES

ALPHA WÄCHTER, BUCH 2

KAYLA GABRIEL

Veröffentlicht von Kayla Gabriel als KSA Publishing Consultants, Inc.
Gabriel, Kayla: Hör nichts Böses

Coverdesign: Kayla Gabriel
Foto/Bildnachweis: Depositphotos: fxquadro & VolodymyrBur

Anmerkung des Verlegers: Dieses Buch ist *ausschließlich für erwachsene Leser*
bestimmt. Sexuelle Aktivitäten, wie das Hintern versohlen, die in diesem
Buch vorkommen, sind reine Fantasien, die für Erwachsene gedacht sind
und die weder von der Autorin noch vom Herausgeber befürwortet oder
ermutigt werden.

SCHNAPP DIR EIN KOSTENLOSES BUCH!

MELDE DICH FÜR MEINEN NEWSLETTER AN UND ERFAHRE ALS ERSTE(R) VON NEUEN VERÖFFENTLICHUNGEN, KOSTENLOSEN BÜCHERN, RABATTAKTIONEN UND ANDEREN GEWINNSPIELEN.

kostenloseparanormaleromantik.com

DIE TORE VON GUINEE

Ein Auszug aus *Withiels Enzyklopädie der Magie, Band IV*

Die Tore von Guinee

Die Tore von Guinee stellen den Eingang zu dem spirituellen Raum zwischen dieser Welt und der nächsten dar. Seit eh und je ranken sich zahllose Geheimnisse um die Tore, über die man lediglich mit Bestimmtheit weiß, dass sie in New Orleans, Louisiana, liegen, höchstwahrscheinlich in einem der vielen betörend schönen Friedhöfe der Stadt. Es heißt, dass die Tore von Guinee von Vodou Loa Baron Samedi beschützt werden, dessen Hinweis, wie man den Zugang zu den Toren erreicht, für immer in einem uralten Kinderreim festgehalten wurde:

SIEBEN NÄCHTE

SIEBEN MONDE

Sieben Tore
Sieben Gräber

Man sagt, dass für den wahrhaft eifrig Suchenden der Schlüssel zur Reise zwischen den Reichen aus Fleisch und Geist einzig eine Frage der richtigen Reihenfolge und des Timings ist.

Cassandra Chase stand vor dem Ganzkörperspiegel in ihrem großzügig geschnittenen begehbaren Kleiderschrank und drehte sich nach links und rechts, während sie den wunderschönen Rosie Assoulin Rock bewunderte, der gerade für sie angekommen war. Der Rock war im intensivsten Saphirblau gefärbt, das man sich nur vorstellen konnte, saß hoch auf Cassies Taille und fiel wie ein Vorhang weich zu ihren Füßen. Sie hatte ihn mit einer glatten, ärmellosen weißen Satinbluse kombiniert, ihre flammendroten Haare nach hinten gebunden und das Outfit mit einem Paar Diamantohrstecker abgerundet. Ein Hauch Rouge auf ihren hohen Wangenknochen hob die zarten Züge ihres herzförmigen Gesichts hervor, ein wenig Mascara betonte ihre dichten Wimpern und ein rot-oranger Lippenstift akzentuierte ihre dramatischen, vollen Lippen.

Cassie drehte sich abermals zur Seite und musterte ihre Figur. Sie war groß und kurvig, ihr Vorbau und Hüften breiter als sie sein sollten. Dennoch liebte Cassie nichts mehr als wirklich hübsche Designerklamotten, weshalb sie die Kleider, die ihr sofort ins Auge stachen, kaufte und dann so abänderte, dass sie ihrer sündigen Gestalt passten.

Jeder brauchte ein Hobby. Frauen, die nur selten die vier Wände ihrer persönlichen Bleibe verließen, brauchten sie umso dringender.

Zufrieden damit, wie sie sich zurechtgemacht hatte, wirbelte Cassie herum und kehrte in den Wohnbereich ihrer Suite zurück. In dem Zimmer befand sich eine hübsche vergoldete Esszimmergarnitur von Anthropologie, eine umwerfende Bücher-Sitzecke mit Möbeln von West Elm sowie ein Bereich zum Nähen und zur Stoffaufbewahrung. Zusammen mit Cassies dekadentem Schlafzimmer und Bad und dem riesigen begehbaren Kleiderschrank machten diese Räume ihre ganze Welt aus.

Ihr hübscher, sorgsam erbauter und erdrückender goldener Käfig.

Cassie nahm ein Tablet in die Hand und spielte ein neues Album ab, das sie mochte und dessen Sängerin Florence Welsh genauso wie sie ein Rotschopf war. Sie verbrachte einige Minuten damit, zur Musik zu summen und ihren Nähbereich aufzuräumen. Da sie auf einem so begrenzten Raum lebte, konnte Cassie nicht das kleinste bisschen Unordentlichkeit ertragen. Es gab einfach keine Möglichkeit in ihren Räumlichkeiten irgendetwas zu entkommen, weshalb sie sie so ordentlich wie möglich hielt.

Es half, dass ihre Kidnapper ihr erlaubten, sich zu kaufen, was sie sich wünschte. Wenn Cassie online etwas sah und der Meinung war, es könnte sie amüsieren, musste sie einfach nur darum bitten. Solange der Gegenstand ihr nicht zur Flucht aus der ausladenden Villa verhelfen würde, in der sie lebte und mit einem Dutzend oder mehr anderer nützlicher Hexen gefangen gehalten wurde, würde ihr jeder Herzenswunsch erfüllt werden.

Cassie lebte mittlerweile seit vier Jahren in dem Vogel-käfig, wie die Bewohner der Villa ihn nannten. Nach dem ersten Jahr hatte sie jegliche Fluchtversuche vollständig eingestellt. Pere Mal mochte sie zwar an der kurzen Leine halten und ungefähr einmal die Woche den Gebrauch ihrer Kräfte verlangen, aber ansonsten hatte Cassie ein gewisses Maß an Freiheit gewonnen. Manchmal holte Pere Mal sie sogar aus dem Vogelkäfig raus und nahm sie mit zu schicken Kith-Clubs im French Quarter, wo sie wichtige Leute kennenlernte.

Cassie machte einen Satz, als ein leises Klopfgeräusch aus ihrem Schlafzimmer drang. Sich auf die Lippe beißend eilte sie in ihr Schlafzimmer und zog den schweren Schrank von der Wand weg. Hinter dem Schrank befand sich ein rundes Loch in der Wand, das ungefähr einen halben Meter im Durchmesser maß.

In dem Loch kauerte mit einem wilden Blick in den faszinierenden dunkelblauen Augen Alice. Cassies einzige Freundin und Vertraute und ebenfalls Gefangene des Vogelkäfigs. Spatzen, nannten sie sich.

„Du musst leiser sein", schimpfte Cassie Alice.

Alice zog eine dunkle Augenbraue hoch und kletterte aus dem Tunnel, den sie zwischen ihre Schlafzimmer gegraben hatten. Anschließend strich sie über die zwei dunklen Fischgrätenzöpfe, zu denen ihre langen, welligen rabenschwarzen Haare frisiert waren. Alice trug ein schlichtes, aber umwerfendes schwarzes Kleid, dessen Vorderseite von Perlknöpfen und einem weißen Kragen geziert wurde. Es war zweifelsohne genauso teuer wie Cassies Outfit. Vermutlich ein Rag and Bone Kleid, wenn Cassie sich bezüglich des Designers nicht irrte.

„Wir werden schon nicht erwischt werden", meinte Alice achselzuckend.

Cassie schürzte die Lippen und musterte Alice einen Augenblick. Mit sechsundzwanzig war Cassie nur zwei Jahre älter als Alice, aber Alice nahm oft das nervtötende, unbekümmerte Verhalten eines sehr viel jüngeren

Mädchens an. Cassie vermutete, dass Alices jugendliche Momente ein Produkt leichten Wahnsinns waren, ein Ort, an den sich Alice zurückzog, wenn die Welt um sie herum bedrohlich oder erdrückend war.

Oder vielleicht war es auch nur eine Show und Alice verbarg ihr wahres Selbst vor Cassie genauso wie vor allen anderen. Obwohl Alice bereits vor drei Monaten angefangen hatte, ein kleines Loch zwischen ihren Zimmern zu graben und Cassie Botschaften zukommen zu lassen, hatte Cassie noch immer nicht das Gefühl, dass sie die andere Frau ganz verstand.

„Das kannst du nicht wissen, Alice", wand Cassie ein, wobei sie sich bemühte, ihre Ungeduld nicht in ihrem Tonfall durchklingen zu lassen.

„Tatsächlich kann ich das", sagte Alice und neigte den Kopf zur Seite. „Um dir das zu erzählen, bin ich hergekommen. Ich habe endlich eine Möglichkeit gefunden, einen Hilferuf abzusetzen. Es ist wie das Abschießen einer Leuchtpistole, aber mit magischer Energie."

Alice hob ihre Hand und ahmte die Bewegung nach, wie sie einen Schuss über ihrem Kopf abgab, und Cassies Neugier war geweckt.

„Ich dachte, du könntest die Schutzzauber, die auf dem Vogelkäfig liegen, nicht entfernen", erwiderte Cassie.

„Ich kann alles tun, was ich mir in den Kopf setze, Cassandra." Alice nannte jeden bei seinem vollen Namen. „Du solltest das doch mittlerweile von allen am besten wissen."

Sie hatte natürlich vollkommen recht. Alice hatte den Großteil des Tunnels zwischen ihren Zimmern in einer einzigen Nacht gegraben, nur unter der Verwendung eines Metalllöffels, den sie von einem der Essenstabletts stibitzt hatte, die ihnen von der Küche geschickt wurden. Alice war sowohl entschlossen als auch furchtlos, eine bemerkenswerte und manchmal furchterregende Kombination.

„Das stimmt allerdings. Du glaubst also, dass du uns wirklich retten kannst?", fragte Cassie.

„Ich bin mir so sicher, dass ich dir rate, deine Lieblingssachen einzupacken. Wenn ich ein Signal absetze, wird Pere Mal gezwungen sein, den Vogelkäfig zu räumen und uns alle woanders hinzubringen. Wenn wir erst einmal nach draußen kommen, werden wir unsere Taschen verstecken und dann werde ich für Ablenkung sorgen. Ab da…" Alice zog ihre Augenbrauen hoch. „Flucht voraus."

Cassie dachte eine Sekunde darüber nach.

„Wohin sollen wir denn gehen?", fragte sie und schämte sich zugleich. Die Vorstellung von so viel Freiheit auf einmal jagte ihr Angst ein. Anders als Alice hatte Cassie niemanden, außer man zählte ihre Junkie-Eltern mit, die sie mit sechzehn verlassen hatte. Ihr beschissenes Zuhause war der erste vieler Faktoren und großen Peches gewesen, die sich lawinenartig gehäuft hatten, bis Cassie schließlich im Vogelkäfig gelandet war.

Wenigstens bist du nicht in einem der Blutbordelle auf dem Graumarkt, rief sie sich stets in Erinnerung. *Hättest du keine Kräfte, würdest du jetzt genau dort sein.*

„Irgendwohin", antwortete Alice und kaute nachdenklich auf ihrer Unterlippe herum. „Wir können alles tun, was wir wollen."

„Und wann setzt du das Signal ab?", wollte Cassie wissen.

„Oh…" Alice blickte Cassie mit großen Augen an. „Vor zehn Minuten, plus minus."

„Alice!", rief Cassie, packte ihre zierliche Freundin an den Schultern und schob sie zurück zur Wand. „Geh zurück in dein Zimmer. Wenn sie den Tunnel sehen, werden sie wissen, dass du das Signal ausgesandt hast."

Alice seufzte.

„Cassandra, du liebes Mädel. Das wissen sie vermutlich bereits. Deswegen müssen wir ja fliehen."

Ihrer Freundin einen finsteren Blick zuwerfend, drängte Cassie sie in den Tunnel.

„Wir treffen uns an der Seite des Hauses in der Nähe des Meerjungfrauen-Springbrunnens", flüsterte Cassie. „Wenn sie kommen, um dir zu sagen, dass du packen sollst, versuch dir nicht anmerken zu lassen, dass du mit ihnen gerechnet hast, okay?"

Alice trat ohne ein weiteres Wort den Rückzug an und Cassie schob den Schrank ächzend zurück an die Wand. Einige lange Sekunden lehnte sie einfach nur an dem Schrank, ganz paralysiert vor Schreck, und starrte auf ihre liebevoll ausgewählten Schlafzimmermöbel. Es mochte ihr goldener Käfig sein, aber er war auch mit weiblichen, hübschen Dingen ausgestattet, die Cassie liebte.

Cassie stieß sich vom Schrank ab, rannte zu ihrem begehbaren Kleiderschrank und fing an, die Sachen herauszuziehen, die sie einfach nicht zurücklassen konnte. Der Haufen nahm innerhalb weniger Minuten gigantische Ausmaße an, weshalb sie gezwungen war, ihn wieder und wieder zu reduzieren.

Zu dem Zeitpunkt, an dem die Wachen an Cassies Tür hämmerten, hatte sie ihre Auswahl getroffen.

„Herein!", rief sie und lief in den Wohnbereich.

„Du machst einen Ausflug", erzählte ihr eine grimmige Wache im dunklen Anzug und warf zwei Koffer auf Rollen in den Raum. „Sei in zehn Minuten fertig."

Cassie nickte nur, während ihr das Herz wie wild in der Brust schlug. Die Wache knallte die Tür hinter sich zu und das Geräusch ließ Cassie erschaudern. Sie sah sich einen Augenblick in dem Zimmer um und wünschte sich, sie hätte ein paar persönliche Erinnerungsstücke, die sie mitnehmen könnte. Ihre Finger tasteten instinktiv nach ihrer Halskette, ein Silbermedaillon an einer Kette, die so lang war, dass sie den Anhänger unter allem verstecken konnte, das sie anzog. Der Anhänger war das Einzige, das sie von ihrer Familie

behalten hatte. Das letzte Geschenk ihrer geliebten Groß-
mutter, die gestorben war, als Cassie zwölf gewesen war.

Sie schleifte ihre Koffer zum Schrank und verbrachte
die nächsten Minuten mit Packen. Nachdem sie ihre
Kleider eingepackt hatte, wühlte sich Cassie bis auf den
Boden ihres Schranks vor und zog mehrere dicke Geld-
bündel hervor. Diese hatte sie im Verlauf der letzten Jahre
sorgsam angesammelt, indem sie so getan hatte, als würde
sie die Gegenstände, nach denen sie verlangt hatte, umtau-
schen und sie stattdessen verkauft hatte.

Nachdem sie die Stapel aufgeteilt und in T-Shirts einge-
wickelt hatte, legte sie einen Teil des Geldes in jeden der
Koffer, falls sie einen verlieren sollte. Anschließend rollte sie
die Koffer zurück zur Eingangstür und wartete. Cassie
streifte sich ein Paar leichter, armlanger Ziegenlederhand-
schuhe von Burburry über, atmete langsam aus und
versuchte, ihre Nerven zu beruhigen. In ihrem Kopf
herrschte das reinste Chaos, ihre Hände zitterten und ihre
Zunge war so trocken wie Sand.

Die Vorstellung, dem Vogelkäfig zu entkommen, war so
aufregend und dennoch…

Die Tür schwang erneut auf, bevor Cassie Zeit hatte,
ihren Gedanken zu beenden.

„Auf geht's", verkündete die Wache und winkte sie
durch die Tür.

Tief Luft holend und die Schultern straffend packte
Cassie ihre Koffer und lief aus der Schlafzimmertür, ohne
auch nur einen Blick zurückzuwerfen, weil sie sich ihre
Beklommenheit nicht anmerken lassen wollte.

Cassie wusste, dass sie mit jedem Schritt, den sie
machte, auf ein völlig neues Leben zuging. Vielleicht war
ein Neuanfang ja genau das, was nötig war, um Cassandra
Chases Herz aus seinem goldenen Käfig zu befreien.

2

Gabriel Thorne zog sein Langschwert und seine Lippen bewegten sich lautlos, als er einen Zauber wirkte, um seine Sicht zu schärfen, während er in die Tiefen einer langen, stockdunklen Gasse in New Orleans berühmtem French Quarter vordrang. Im Moment beschattete er einen garstig aussehenden Drekros Dämonen. Die schaurig bleiche Kreatur mit der von Beulen übersäten Haut kroch auf täuschend schwachen Beinen vorwärts. Ihr langer, dünner Hals trug einen grausamen Kopf, der hauptsächlich aus messerscharfen gelben Zähnen bestand. Speichel tropfte aus dem geöffneten Mund auf den grässlichen Körper.

Während Gabriel dem Drekros folgte, folgte dieser wiederum einem Paar kichernder Collegemädchen, die durch die dunkle Gasse schwankten zweifellos in dem Bemühen, zurück zur Straßenbahn zu gelangen, um damit zurück zur Tulane zu fahren. Der Drekros stoppte, hob seinen missgestalteten Kopf und schien anscheinend die Brise zu testen. Gabriel konnte im Gesicht des Drekros' keine Nase sehen, aber das hieß nicht, dass die Kreatur sein Herannahen nicht spüren konnte.

Die Kreatur drehte sich mit einem schrillen Stöhnen zu Gabriel um und versprühte säureartige Spucke in alle Richtungen, die alles verbrannte, was sie berührte.

„Oh, habe ich dir das Abendessen verdorben?", fragte Gabriel grinsend.

Die Kreatur stöhnte erneut und starrte ihn an, da sie ihn nicht zu verstehen schien. Vielleicht hatte Gabriels englischer Akzent die Kreatur durcheinandergebracht. Vielleicht sprach das Ding aber auch nicht oder verstand Sprachen im Allgemeinen nicht. Gabriel wusste es nicht und es war ihm auch herzlich egal. Er wollte das Ding nur aus dem Verkehr ziehen und die letzte Stunde seiner Patrouille hinter sich bringen.

Die Morgendämmerung würde die Stadt schon bald erhellen und dann könnte Gabriel ins Herrenhaus zurückkehren und sein Bett aufsuchen, möglicherweise nachdem er einen kurzen Stopp in einem der Kith-Clubs eingelegt hatte, um sich eine sexy paranormale Bettgefährtin zu suchen. Dieser Tage war er vor allem an Succubi interessiert, solange sie versprachen, artig zu sein.

„Komm schon", sagte Gabriel und schwang mit seinem Schwert nach der Kreatur.

Sie stürzte sich mit einem grollenden Fauchen auf Gabriel, Mordlust offenkundig in den Knopfaugen. Gabriel schenkte dem Drekros ein strahlendes Grinsen, während er ihn in zwei Hälften spaltete. Der Dämon röchelte, als er in Flammen aufging und sein Körper verschwand in einem hellen Aufblitzen von Feuer, Schwefel und Rauch.

„Viel Spaß in der Hölle. Grüß deinen Schöpfer von mir", sagte Gabriel, obwohl die Kreatur schon längst verschwunden war. Gabriel zog ein dickes Stoffstück hervor und putzte damit seine Schwertklinge, ehe er die Waffe zurück in seine Scheide steckte. Er warf das Tuch in den nächsten Mülleimer und ging zurück zur St. Louis Kathedrale.

9

Nur wenige Schritte vom geheiligten Boden der Kathedrale entfernt, befand sich der *Spitfire Coffee Shop*, wo Gabriel am liebsten eine lange Nacht des Patrouillierens ausklingen ließ. Der Laden hatte wahnsinnig lang geöffnet und machte den verflucht besten Espresso, den er jemals gekostet hatte.

Nicht, dass es im London des neunzehnten Jahrhunderts haufenweise Espresso gegeben hätte. In Gabriels eigentlichem Zeitalter hatte man lediglich die bittersten vorstellbaren Kaffeebohnen produziert und geröstet, nicht die reichen, fruchtigen, nussigen Aromen, die Gabriel in seinem Espresso bevorzugte.

Mit einem traditionellen Macchiato, zwei Schuss Espresso getoppt mit einem Klecks Milchschaum, aus dem *Spitfire* zu laufen, war das perfekte Ende von Gabriels Nacht. Er nippte an seinem Getränk, während er zurück zum Herrenhaus lief und die Augen offenhielt. Die letzten Stunden der Dunkelheit warteten oft mit einer Menge Ärger auf, weil Kith Menschen oder einander nachstellten.

Als er ans andere Ende des French Quarter lief und die Frenchmen Street entlangschlenderte, schweiften Gabriels Gedanken ab. Er musterte mehrere Kith-Clubs, aber keiner von ihnen reizte ihn heute Abend. Seine selbstauferlegte dreiwöchige Trockenphase würde also vermutlich andauern.

Rhys Macaulay hatte alles verdorben. Rhys, ein Wächterkollege, der wie er mit dem Schutz der Stadt beauftragt war und für Gabriel einem Freund am nächsten kam, war gerade mal vor einem Monat seiner vorherbestimmten Gefährtin direkt in die Arme gerannt. Bärengestaltwandler erkannten ihre Gefährtinnen auf den ersten Blick und wenn sie ihre vom Schicksal vorherbestimmte Gefährtin erst einmal gefunden und sich mit ihr niedergelassen hatten, dann akzeptierte der Bär nie wieder eine andere.

Aus irgendeinem Grund machte Rhys' überschäumende Freude, nachdem er seine hübsche blonde Gefährtin gefunden hatte, Gabriel unglücklich. Weiß Gott, wenn es jemanden gab, der ein wenig Glück in seinem Leben verdiente, dann war es der noble, loyale Rhys. Aber das hinderte Gabriels Nackenhaare nicht daran, sich jedes Mal aufzustellen, wenn er Rhys und Echo dabei erwischte, wie sie in irgendeiner abgelegenen Ecke des Herrenhauses wie Teenager herummachten.

Gabriel war sich ehrlich nicht sicher, ob es Neid, Ekel, Angst oder eine Mischung aus allen dreien war, aber das Ganze hatte ihm One-Night-Stands madig gemacht.

„Nur ich und mein Kaffee", sinnierte er laut, während er die letzten Tropfen seines geliebten Getränks hinabschluckte und den Becher in einen Mülleimer fallen ließ.

Sein Handy vibrierte irgendwo in seiner Kampfweste und er fischte es mit einer skeptischen Grimasse heraus. Ein klingelndes Handy bedeutete, dass von irgendwo in der Stadt ein Notruf eingegangen war. Notrufe wiederum bedeuteten, dass Wächter zu der Szene geschickt werden mussten. Als der Wächter auf Patrouille würde Gabriel höchstwahrscheinlich umkehren und zurück zum Quarter eilen müssen. Vielleicht handelte es sich um einen Kampf zwischen zwei Werwölfen oder einen schwachen Kith, der von einer der fieseren Dämonenrassen bedroht wurde.

„Ja" sprach Gabriel in das Handy.

„Du wirst nicht glauben, was ich heute Nacht für dich habe." Echo, Rhys' neue Gefährtin, hatte die Aufgabe einer Art paranormalen Einsatzleitstelle übernommen und immer einen lockeren Spruch auf den Lippen, wenn sie Gabriel auf Missionen schickte.

„Ich hätte auf betrunkene Werwölfe getippt", antwortete Gabriel und blieb an der Ecke Frenchmen und Dauphine stehen.

„Tatsächlich habe ich gehört, dass heiße Mädels involviert sind", sagte Echo, die amüsiert klang. „Eine Gruppe Hexen, die in einem von Pere Mals Schlupfwinkel gefangen ist und verzweifelt auf Rettung hofft. Also im Grunde genommen genau das Richtige für dich."

„Wie lautet die Adresse?", fragte Gabriel. Echo nannte ihm die Adresse, die ungefähr sechs Blöcke in nordöstlicher Richtung in der St. Roch Nachbarschaft lag. Gabriel konnte die Kreuzung vor seinem inneren Auge sehen, einen stark gentrifizierten Block neuer und alter Häuser. „Gibt es sonst noch etwas, das ich wissen sollte?"

„Eine der Hexen hat ein gigantisches Notrufsignal abgesetzt und Pere Mal namentlich erwähnt. Ich würde mich an deiner Stelle beeilen, bevor er sie zum Schweigen bringt. Dauerhaft", erklärte Echo.

„Bin auf dem Weg", sagte Gabriel. „Schick die anderen zwei zur Verstärkung, nur für den Fall."

„Erledigt und erledigt", erwiderte Echo. Sie beendete den Anruf, bevor Gabriel das tun konnte, und er stopfte das Handy zurück in seine Tasche und joggte los in Richtung der Adresse, die sie ihm gegeben hatte.

Als Gabriel das Stadtgebiet erreichte, bestand absolut kein Zweifel daran, zu welchem Haus er gehen musste. Ein baufälliges weißes Cottage mitten in einer ansonsten ruhigen Wohnstraße brummte vor Aktivität und zog Gabriel wie einen Magneten an. Der größte Hinweis war das Schwadron besorgt dreinblickender, bulliger Kerle in dunklen Anzügen, was ein Bild war, das man bei jeder von Pere Mals Operationen vorfand. Der Kerl mochte ein eiskalter Killer und ein Irrer sein, der vorhatte das Universum auf seiner persönlichen Suche nach Macht zu zerstören, aber er besaß definitiv Geschmack, wenn es darum ging seine Crew einzukleiden.

Auf der Straße vor dem Haus parkten vier große SUVs und einige von Pere Mals Kerlen scheuchten verwirrt aussehende junge Frauen in Handschellen im Gänsemarsch von der Eingangstür zu den Autos. Nach einer raschen Zählung kam Gabriel zu dem Schluss, dass bereits ein knappes

Dutzend Hexen in die SUVs gequetscht worden sein mussten.

Gabriel zog im Näherkommen sein Schwert, während sein Kopf schnell einen Plan ersann, wie er so viele von Pere Mals Handlangern wie möglich aus dem Weg räumen konnte, ohne eine ihrer Gefangen zu verletzen. Gabriel beschloss, so viele von Pere Mals Männern zu betäuben wie er konnte, da er davon ausging, dass die Frauen, wenn er sie erst mal befreit hatte, von allein fliehen würden.

Die erste Überraschung war der Fakt, dass er es mehrere Schritte auf das Grundstück schaffte, ehe ihn auch nur einer der Bösewichte bemerkte. Gabriel war fast zwei Meter groß, bemerkenswert gut aussehend und im Moment strahlte er Magie in Wellen aus. Die Tatsache, dass seine Anwesenheit unbemerkt blieb, war ein Zeichen für das Chaos, das um ihn herum herrschte. Dutzende von Körpern bewegten sich in alle möglichen Richtungen, Männer luden Gepäck in die SUVs, manche der weiblichen Gefangenen schluchzten, während sie zu den wartenden Autos geschleift wurden.

„Hey!", erklang ein Schrei.

Gabriel sah, wie einer von Pere Mals Kerlen eine große, gertenschlanke Blondine zu Boden stieß, bevor er eine Feuerwaffe zog. Gabriel holte eine kleine Phiole von Mere Maries Betäubungstrank aus seiner Tasche und schleuderte sie dem Kerl entgegen, der sofort wie ein Sack Kartoffeln zu Boden ging.

Unglücklicherweise wählte die Blondine genau diesen Moment, um einen ohrenbetäubenden Alarmschrei auszustoßen, und nur Sekunden später musste sich Gabriel gegen ein weiteres halbes Dutzend Männer erwehren. Er wollte keinen von ihnen töten oder zum Krüppel machen, wenn es sich vermeiden ließ, weshalb er einige durch Schläge auf den Kopf oder Verwundungen der Gliedmaße außer Gefecht setzte. Dämonen zu töten, war eine Sache, aber er tötete Kith oder Menschen wirklich nur dann, wenn es keine andere Wahl gab.

Gabriel drehte sich um und entdeckte zwei Männer, die einen wild kämpfenden Rotschopf an den Armen festhielten und sie zum letzten SUV zerrten. Ein anderer Mann folgte ihnen und schleppte zwei große Koffer hinter sich her. Die Frau schaute hoch und ihre hellgrauen Augen fingen Gabriels Blick ein. Da war etwas…

Die Welt entglitt ihm einen Augenblick. Gabriels Bär war normalerweise sehr zurückhaltend, wenn nicht sogar schweigsam, und spielte hinter seiner menschlichen Seite immer die zweite Geige. Jetzt erwachte sein Bär jedoch und ein ausgeprägtes Empfinden von Hunger und Besitzgier vibrierte durch Gabriels gesamten Körper.

Gefährtin. Der Gedanke sang in seinem Herzen auch dann noch, als ein Laut der Verleumdung über seine Lippen kam. Diese Frau, diese Fremde, war jetzt seine einzige Priorität. Ihre Augen lagen auf ihm und flehten um Hilfe.

Er verlor plötzlich und völlig die Kontrolle. Sein Bär verdrängte ihn, Gabriel, tief in sein Innerstes. Der Bär brauchte die Frau. Der Bär wollte nicht, dass diese Männer sie anfassten.

Dem Bären würde Folge geleistet werden.

Ein wütendes Brüllen entriss sich Gabriels Kehle, als er seinen Zauberstab und Pistole los und sich selbst nach vorne fallen ließ, während sein Körper zuckte und sich wandelte. In der Sekunde, in der seine Verwandlung vollzogen war, setzte er sich in Bewegung und galoppierte auf die Frau und ihre Wachen zu.

Der Kerl mit dem Gepäck warf einen Blick auf Gabriel und rannte davon. Die Koffer ließ er, ohne zu zögern, zurück. Die anderen zwei Männer tauschten Blicke aus. Einer zog eine Pistole, während der andere die Frau zu dem wartenden Fahrzeug bugsierte.

Gabriel erledigte den Ersten problemlos, indem er ihn

mit einem einzigen Hieb niederschlug. Der andere Mann warf einen verängstigten Blick über seine Schulter und schluckte, ehe er die Frau nach hinten auf Gabriels wütende Gestalt zuschubste.

Gabriel fing sie auf und drehte seinen Körper so, dass er sie vor der Wache und dem Auto abschirmte. Sein tierisches Gehirn wusste nicht so recht, was es als Nächstes tun sollte, was Gabriel die Möglichkeit gab, das Steuer wieder an sich zu reißen und seine eigenen Handlungen einen Moment zu bestimmen. Sein erster Gedanke war, dass er die Frau zuerst von dem überall vorherrschenden Chaos wegschaffen und dann weitersehen musste.

Sich auf seine Hinterbeine erhebend gab Gabriel ein leises Grunzen von sich und scheuchte die Frau nach links, weg von den Autos und zu dem Nachbarshaus. Sie sah zu ihm, eindeutig in Todesangst, und floh.

„Gabriel!"

Er hörte Aerics starken nordischen Akzent in der Ferne, aber Gabriel wurde immer noch von seinem Bären beherrscht und war unfähig, sich von seiner Gefährtin abzuwenden. Er sank auf alle Viere und jagte ihr hinterher, überrascht, wie schnell sie war. Innerhalb kürzester Zeit gelang es ihm, sie auf der vorderen Veranda des Nachbarhauses in die Enge zu treiben.

Der Rotschopf drehte sich um, starrte Gabriel an und schlang die Arme um ihren Körper. Der Bär in seinem Inneren zwang Gabriel dazu, einen Schritt auf sie zuzumachen, dann noch einen. Ehe er sich versah, war er ihr fast so nah, dass er sie berührte. Gabriel verfluchte sich, aber er hatte jetzt jegliche Kontrolle verloren.

Er legte den Kopf schief, beugte sich zu ihr und atmete den Geruch seiner Gefährtin tief ein. Sie roch nach Vanille und Zimt, eine verlockende Kombination.

„Bitte", flüsterte die Frau, die silbernen Augen weit

aufgerissen in ihrem herzförmigen Gesicht. „Bitte, tu mir nicht weh."

Gabriel entrang seinem Bären die Kontrolle. Er dämpfte seine Wut und trat einen kleinen Schritt nach hinten, um ihr ein wenig Freiraum zu geben, während er sich zurück in seine menschliche Gestalt wandelte.

In den Augen der Frau blitzte Erkennen auf, ganz kurz Schock und Verstehen, und dann rollten ihre entzückenden Augen nach hinten. Sie brach ohne einen Laut zusammen und Gabriel hatte wirklich Schwierigkeiten sie rechtzeitig aufzufangen, bevor ihr liebreizender Körper auf die Betonstufen der Veranda knallte.

„Verdammt nochmal, Gabriel."

Die Worte wurden in einem unverkennbar schottischen Grollen ausgesprochen, einem, das der Engländer nur allzu gut kannte.

Gabriel drehte seinen Kopf und entdeckte, dass Rhys und Aeric hinter ihm standen, die Schwerter gezogen, aber gesenkt. Seine Wächterkollegen, einer dunkelhaarig und einer blond, beugten sich über einen Mann, der auf dem Boden zwischen ihnen kniete. Gabriel nahm an, dass es sich dabei um die einzige Wache handelte, die das Pech hatte, den Vorfall unbeschädigt überstanden zu haben. Jetzt würden sie ihn festhalten und über seinen Arbeitgeber befragen. Hinter ihnen war der Vorgarten mit einem Dutzend bewusstloser Wachen und einem ganzen Haufen Koffer übersät.

„Wo sind die SUVs?", fragte Gabriel verwirrt.

„Fort", antwortete Aeric und wedelte mit einer Hand. „Sie sind weggefahren, sobald sie sahen, dass ein riesiger Grizzly auf sie zukam."

„Ah", sagte Gabriel und verlagerte die Frau in seinen Armen.

„Hat sie die Verwandlung ausgelöst?", erkundigte sich

Rhys und linste um Gabriel herum, um einen Blick auf die bewusstlose Frau in seinen Armen zu erhaschen.

Gabriel warf Rhys einen abschätzenden Blick zu und nickte dann.

„Dann ist es dir also auch passiert", sinnierte Rhys. Er sah sich nachdenklich im Garten um. „Ich schätze, wir sollten uns besser aus dem Staub machen, bevor die menschlichen Gesetzeshüter hier ankommen, oder?"

„Ein paar dieser Koffer gehören… *ihr*", sagte Gabriel, der merkte, dass er sich mit jedem Moment merkwürdiger fühlte. „Die dort drüben in der Mitte des Gartens, glaube ich."

Rhys wölbte eine Braue und seine Lippen zuckten auf eine Weise, die in Gabriel die Mordlust weckte. „Ich schätze, wir sollten den Wagen vorfahren und mitnehmen, was hier rumliegt für den Fall, dass wir die Falschen erwischen. Gefährtinnen sind sehr speziell, weißt du. Wir wollen schließlich nicht, dass ihr gleich auf dem falschen Fuß anfangt."

„Hol einfach das verdammte Auto", murrte Gabriel und hob die Frau in seinen Armen höher. „Es gefällt mir nicht, derartig auf dem Präsentierteller zu sein. Pere Mal könnte uns noch mehr Männer auf den Hals hetzen."

„Wohl eher ihr", grunzte Aeric, der sich bereits entfernte.

Gabriel trottete Aeric hinterher, denn er war erpicht darauf, ins Herrenhaus zurückzukehren. Er war sich nicht sicher, was der andere Wächter damit gemeint hatte, aber er hatte das Gefühl, dass es ihm nicht gefallen würde, wenn er es herausfand.

3

Cassie öffnete langsam ihre Augen und stellte fest, dass sie auf einem luxuriösen Ledersofa lag und ihre Hände auf ihrem Bauch ruhten. Sie befand sich in einem riesigen, hell erleuchteten Raum. Das reichlich vorhandene Sonnenlicht bedeutete, dass sie länger als eine Handvoll Minuten weggetreten gewesen war. Sie kniff die Augen vor dem Schmerz zusammen, der hinter diesen pochte, und versuchte sich daran zu erinnern, was genau passiert war.

Ganz plötzlich fiel ihr alles wieder ein. Die Wachen, die sie aus dem Vogelkäfig zerrten. Ein wütend aussehender Bärengestaltwandler war in Erscheinung getreten, auch wenn sie sich nicht ganz sicher war, woher er gekommen war. Sie war vor ihm weggerannt und hatte sich dann darauf verlegt, ihn um ihre Sicherheit anzuflehen. Und siehe da, der Bär hatte sich in *ihn* verwandelt.

Den Mann ihrer Träume, denjenigen, den sie wieder und wieder in ihren Visionen gesehen hatte… allerdings hatte sie nicht damit gerechnet, ihn ausgerechnet heute zu sehen. Und in ihren Träumen war er nicht ganz so… nun, *heiß* gewesen.

Obwohl Cassie für eine Frau recht groß war, hatte sie im Vergleich zu ihrem Traummann beinahe wie ein Zwerg gewirkt. Er war buchstäblich groß, dunkel und gut aussehend. Sein dichtes schokoladebraunes Haar war von goldenen Strähnen durchzogen und so lang, dass es bis knapp unterhalb seines Kinns reichte. Ein Tag alte Stoppeln zierten sein Gesicht und betonten seine Attraktivität. Sein Kiefer und Wangenknochen waren hoch und scharfumrissen, seine Augenbrauen dunkel und dicht, seine Augen die dunkelste Schattierung von Mitternachtsblau, die man sich vorstellen konnte. Er hatte die Größe und Statur eines Linebackers gepaart mit dem Gesicht und den wohldefinierten Muskeln eines Armani Unterwäschemodels.

Sie wusste all das über ihn, weil sie so oft von ihm geträumt hatte. Zu ihrer Schande musste sie gestehen, dass sie mehr getan hatte, als nur von ihm zu träumen. Isoliert und einsam im Vogelkäfig war ihr Retter die einzige wiederkehrende Fantasie gewesen.

„Sie ist wach. Du bist wach." Eine Frau trat in Cassies Sichtfeld und Cassie drehte ihren Kopf, um sie zu betrachten.

Sie war eine umwerfende Frau Mitte sechzig und gekleidet in einen fließenden weißen Kaftan und eine weiße Kopfbedeckung. Ihre Haut hatte die Farbe von Milchkaffee, die so typisch war für kreolische Nachfahren, und ihr starker New Orleans Akzent bestätigte ihren Hintergrund. Im Moment starrte die Frau mit skeptischer Miene auf Cassie hinab.

„Ich bin wach", stimmte Cassie zu und stemmte sich vorsichtig in eine aufrechte Position.

Vier weitere Personen saßen an einem riesigen Eichentisch auf der anderen Zimmerseite, drei Männer und eine Frau. Die drei Männer hätten sich auf den ersten Blick nicht unähnlicher sein können, aber irgendetwas an ihnen kam ihr vertraut vor. Die Frau war Cassie unbekannt, eine kurvenreiche, hübsche Blondine mit einem belustigten Gesichtsausdruck.

In dem Augenblick, in dem Cassie *ihn* sah, ihren „Mystery Man", entspannte sie sich etwas.

„Ich rede mit dir", giftete die Kreolin und fuchtelte mit einer Hand vor Cassies Gesicht herum.

„Äh…", sagte Cassie und sah zu ihr hoch. „Okay."

„Ich bin Mere Marie", stellte sich die Frau vor, wobei Ungeduld klar und deutlich in ihrer Stimme mitschwang. „Du befindest dich im Herrenhaus, das von den Alpha Wächtern beschützt wird."

Mehrere Dinge fügten sich für Cassie plötzlich zu einem Bild zusammen. Die Tatsache, dass ihr Traummann ein Schwert getragen hatte und dass ihr seine Kameraden so bekannt vorkamen. Das ergab jetzt alles Sinn, da Pere Mals Wachen im Vogelkäfig eine ganze Wand mit Fotos und Informationen zu den Wächtern gehabt hatten, aufgrund derer sie die Wächter sofort erkennen sollten.

„Cassie. Cassandra, meine ich. Chase", sagte Cassie, während sie versuchte, Herrin ihrer Gedanken zu werden.

Mere Marie packte ihre Hand, drückte sie fest und Cassie keuchte auf, als Energie zwischen ihnen ausgetauscht wurde. Die Augen der anderen Frau weiteten sich und sie starrte Cassie einen langen Moment an.

„Orakel", sagte Mere Marie und ließ Cassies Hand los. „Kein Wunder, dass Pere Mal dich hinter Schloss und Riegel hielt."

Die hübsche blonde Frau meldete sich zu Wort, womit sie Cassies Aufmerksamkeit auf sich zog.

„Hast du gesagt, dein Name sei Cassandra?"

„Das bin ich", bestätigte Cassie nickend und sah sich ein wenig in dem Zimmer um. Es war nach dem Prinzip eines offenen Grundrisses gebaut worden und umfasste Wohn-, Ess- und Arbeitsbereiche zusammen mit einer wirklich hübschen Edelstahlküche. In der gegenüberliegenden Ecke des Zimmers stand noch ein Mann. Dieser trug einen Smoking mit einem Schwalbenschwanz-Sakko und eine missbilligende Miene.

„Ich bin Echo", stellte sich die Frau vor, erhob sich und trat näher, um Cassie zu mustern. Sie deutete der Reihe nach auf den blonden Mann, den Mann mit dem rötlichen Bart und dann Cassies Mystery Man. „Das sind Aeric, Rhys und Gabriel."

Gabriel, murmelte Cassie zu sich selbst. Ihr Blick verhakte sich erneut mit seinem und ihr Verlangen, in seiner Nähe zu sein, wurde noch ein Stückchen größer.

„Sie muss das Zweite Licht sein", erklärte Echo Mere Marie.

Cassie widmete Echo wieder ihre Aufmerksamkeit.

„Was weißt du darüber?", fragte Cassie überrascht. Cassie hatte nie außerhalb ihrer Visionen von den Drei Lichtern gehört, weshalb es sie überraschte, die Worte laut ausgesprochen zu hören. Der beiläufige Tonfall der Frau hinterließ bei Cassie den Eindruck, dass die Drei Lichter ein völlig normales Gesprächsthema unter den Wächtern waren.

Die Blondine zuckte mit einer Schulter und errötete leicht.

„Nicht viel, außer, dass ich das Erste Licht bin. Oh, und meine Mutter und Tante waren diejenigen, die uns diese Situation überhaupt erst eingebrockt haben, glaube ich."

„Wie lange hat Pere Mal dich festgehalten?", mischte sich Mere Marie ein und ihre kastanienbraunen Augen hefteten sich auf Cassies Gesicht.

„Vier Jahre, glaube ich", antwortete Cassie.

„Bittet er dich oft um Visionen?", wollte Mere Marie wissen.

„Ja", erwiderte Cassie. „Manchmal mehrmals in einer Woche. Aber damit wir uns hier nicht falsch verstehen, die Visionen kommen vom Orakel, nicht von mir."

„Ich bin mir sicher, ich weiß nicht, was du meinst", schnaubte Mere Marie.

„Das Orakel ergreift Besitz von mir, ich bin nur das Gefäß. Sie hat die Visionen, ich stelle nur... ich weiß nicht, eine körperliche Manifestation zur Verfügung. Sie lebt in der Geisterwelt und nutzt mich, um Zugriff auf das Reich der Menschen zu haben", erklärte Cassie.

„Also könntest du theoretisch eine Visionsanfrage verweigern?", warf Echo ein. „Wenn du es wollen würdest, könntest du dich weigern, deinen Mund zu öffnen oder so etwas, stimmt's?"

Cassies Lippen zuckten, während sie darüber nachdachte.

„Vielleicht. Das Orakel kann mich überwältigen, wenn sie möchte. Aber wenn mir etwas geschieht, müsste sie ein neues Gefäß finden, was schwer werden würde. Glaub mir, ich habe mich ziemlich gewehrt, als sie das erste Mal zu mir kam. Jetzt finde ich es allgemeinhin einfacher, es zu dulden. Es kommt selten vor, dass ich gebeten werde, eine Prophezeiung von großer Wichtigkeit zu machen."

Mere Maries Lippen wurden schmal und Cassie fragte sich, ob die Frau vielleicht wusste, dass es eines Opfers bedurfte, um Visionen von einem Orakel zu erbitten. Die Größe und der Wert des Opfers standen in direkter Korrelation zur Bedeutsamkeit der Vision, nach der man verlangte.

Oder vielleicht wusste Mere Marie auch, dass eine derartige Vision das Gefäß stark auslaugte und sich manchmal sogar als gefährlich für das Orakel selbst erwies. Die Fähigkeit eines Orakels, eine angefragte Vision zu verkünden, kam aus dessen Innerem und eine zu große Anstrengung könnte ein Gefäß auslöschen wie eine Kerze, der man den Docht entfernt.

„Das wirft die Frage auf, wie du festlegst, was du für *wichtig* erachtest", sagte Mere Marie.

Mere Marie betrachtete Cassie noch einen Augenblick, ehe sie sich umdrehte, ihre Finger an ihre Lippen führte und einen schrillen Pfiff ausstieß, der alle im Raum zusammenzucken ließ. Die ältere Frau wandte sich abermals mit einem finsteren Gesicht an Cassie.

„Noch ein Test, dann darfst du zu deinem Gefährten gehen", verkündete Mere Marie.

Cassie bäumte sich bei dem Wort *Gefährten* auf. Ihr Blick schnellte nochmal zu Gabriel und dann rundeten sich ihre Augen, als es ihr leicht dämmerte. Die magnetische Anziehungskraft, dieses eigenartige Sehnen, das sie verspürte, die unersättliche Neugier… all das *bedeutete* etwas. Und natürlich hatte sie mit eigenen Augen gesehen, dass Gabriel ein Bärengestaltwandler war. Es war durchaus möglich. Nur… unerwartet.

Cassies Mund öffnete sich, ein Dutzend Fragen brannten ihr auf der Zungenspitze, aber dann bemerkte sie eine haarige schwarze Gestalt, die den Raum betrat. Mere Maries Aufmerksamkeit lag allein auf der prächtigen, seidig glänzenden schwarzen Katze, die in das Wohnzimmer schlenderte und zu ihnen trottete. Sie stoppte vor Mere Maries Füßen und starrte mit einem beinahe fragenden Blick zu ihr hoch.

Dann schockierte die Katze Cassie über alle Maßen, indem sie tatsächlich zu reden begann.

„Du hast gerufen?", fragte sie, die Stimme ein maskulines, melodisches Kratzen. Es war also ein Kater.

Cassie wurde bewusst, dass Mere Maries Pfiff die Kreatur herbeigerufen hatte, die ganz bestimmt nicht nur ein Kater war.

„Cairn, du hast dir ziemlich Zeit gelassen, runter zu kommen. Überprüf sie und stell sicher, dass sie nicht aufgespürt werden kann", befahl Mere Marie dem Kater.

Der Kater gab ein heiseres Schnauben von sich und drehte sich um, sprang auf die Couch und trat auf Cassies

Schoß. Cassie widerstand dem Drang, ihre Hände zu heben und über das weich aussehende Katzenfell zu streicheln, als sich Cairn an Cassies Armen und Brust rieb. Er hüpfte vom Sofa und rieb seinen Mund an ihren Beinen, wodurch er für alle Welt den Anschein eines Katers erweckte, der sein Territorium markierte.

Cairn schaute mit seinen Augen, die so leuchtend und gelb wie Goldmünzen waren, zu ihr hoch und musterte sie mehrere lange Herzschläge. Es kostete Cassie einiges an Selbstbeherrschung, unter dem prüfenden Blick der Kreatur nicht auf ihrem Platz herumzurutschen. Was auch immer er sah, Cairn musste mit ihr zufrieden sein, denn er wandte sich wieder an sein Frauchen.

„Sie ist sauber", schnurrte der Kater, dessen Schwanzspitze zuckte.

Cassie zog in Mere Maries Richtung fragend eine Augenbraue hoch, aber hielt den Mund. Sie blickte absichtlich nicht zu Gabriel, obwohl sie unbedingt seine Reaktion auf… nun, alles sehen wollte. Trotzdem, Cassie rühmte sich damit, eine außergewöhnlich willensstarke Person zu sein. Sie würde ihre Handlungen nicht einfach von einer merkwürdigen, magischen Lust kontrollieren lassen.

…uuund drei Sekunden später sah sie doch zu Gabriel. Sie erwischte ihn dabei, wie er in ihre Richtung schaute, aber ihr nicht ganz in die Augen blickte und vielmehr den Eindruck machte, als würde er sich unfassbar unwohl fühlen. Nun, da waren sie schon zu zweit.

„Oh, um Himmels willen", fauchte Mere Marie. „Gabriel, bring sie irgendwo hin und bringt das Gefährten-Zeug hinter euch. Im Moment seid ihr beide nutzlos für mich. Und was auch immer ihr tut, lass nicht zu, dass sie entführt wird. Wenn Pere Mal sie benutzt, um das Dritte Licht zu finden, dann sitzen wir alle so richtig in der Tinte."

Alle anderen erhoben sich, also stand auch Cassie auf. Der Rest der Wächter machte sich recht zügig aus dem

Staub und schon bald waren Cassie und Gabriel allein im Raum. Gabriel beobachtete sie einige Momente, dann winkte er sie zu sich.

„Wie wäre es mit einem Spaziergang?", schlug er vor und deutete auf die Glastüren, die hinaus in einen gepflegten Garten führten.

Cassies Mund wurde trocken, als sie die ersten Töne seines ausgefeilten englischen Akzents hörte. Ihre Füße hatten sich bereits bei „Wie wäre" in seine Richtung bewegt, was mehr als ein wenig peinlich war. Noch schlimmer war jedoch, dass Gabriel buchstäblich mit jedem Schritt, den sie machte, hübscher wurde und plötzlich hämmerte ihr Herz in ihrer Brust.

Gabriel schien sich leicht zu schütteln, bevor er die Tür öffnete und sie Cassie aufhielt. Sie biss auf ihre Lippe, senkte den Blick zu Boden und erzitterte, als sie an ihm vorbeitrat. Als sich seine Hand hob und federleicht über ihren unteren Rücken strich, stieß Cassie den angehaltenen Atem aus.

„Was zum Donnerwetter ist das?", stöhnte sie, weil sie zunehmend frustriert wurde. Sie fühlte sich, als hätte sie keinerlei Kontrolle über die Sehnsüchte ihres Körpers, was nicht akzeptabel war. Sie trat hinaus in die helle New Orleans Sonne und lief einige Schritte weg in dem Versuch, sich zu sammeln.

„Es kommt auch für mich überraschend", sagte Gabriel, der Cassie nach draußen folgte, ihr aber ihren Freiraum ließ.

Cassie sah zu ihm hinüber und verschränkte die Arme.

„Ich habe nicht geglaubt, dass du darum gebeten hast", entgegnete sie und schürzte die Lippen. „Wer würde das schon wollen? Es fühlt sich *furchtbar* an."

Gabriels dunkle Brauen hoben sich und irgendeine Emotion hellte seine dunkelblauen Augen kurz auf, aber er antwortete nicht sofort. Nur ein verräterisches Zucken an einem Mundwinkel und die leicht zusammengekniffenen Augen deuteten auf sein Missfallen hin.

„Niemand sucht sich seinen vom Schicksal bestimmten Gefährten aus", seufzte Gabriel.

„Bedeutet vom Schicksal bestimmt, dass man am Ende auch glücklich wird?", wunderte sich Cassie. „Ich kann mir nicht vorstellen, dass es so ist. Was war mit deinen Eltern, waren sie glücklich?"

Gabriels Gesicht verdüsterte sich mehrere Sekunden, bevor er die Emotion abzuschütteln schien.

„Ich kannte meine Eltern nicht gerade gut. Meine Schwester und ich waren Waisen."

„Ahhh", sagte Cassie, die spürte, wie ihr die Hitze in die Wangen stieg. „Das kann nicht leicht gewesen sein. Im Betreuungs-System aufzuwachsen und all das."

Gabriels Augenbrauen schossen erneut in die Höhe und dann kräuselte ein Hauch von Humor seine Mundwinkel.

„Glaub es oder nicht, aber so ein System gab es nicht. Mere Marie hat mich aus dem London der 1850er hierhergebracht. Meine Schwester und ich lebten auf der Straße und wir hatten Glück, dass wir überhaupt überlebt haben."

Cassie klappte die Kinnlade runter und es dauerte ganze zehn Sekunden, ehe es ihr gelang, den Mund wieder zu schließen.

„Du… du bist… was, ein gestaltwandelnder Zauberer, der durch die Zeit reisen kann?", fragte sie ungläubig.

Gabriels Lippen zuckten und er feixte offen, dann zuckte er mit den Achseln. Cassie dachte sich, dass kein Mann so gut aussehen sollte, wenn er sich gleichzeitig wie ein Idiot aufführte. Es war unfair, grenzte schon an eine Sünde.

„Um fair zu sein, ich bin nur einmal durch die Zeit gereist und Mere Marie hat die ganze Arbeit gemacht. Was ist mit dir? Du bist ein Orakel, etwas, von dem ich dachte, es sei mit den Griechen ausgestorben", merkte er an. „Ich schätze, das macht uns zu einem recht ungewöhnlichen Paar."

Cassie stieß erneut geräuschvoll Luft aus und schüttelte den Kopf. Gabriel drehte sich um und lief im Kreis, die Hände hinter dem Rücken verschränkt.

„Wie kann das nur echt sein? Als Orakel kann ich nicht leugnen, dass das Schicksal existiert, aber… wie kann ich plötzlich einfach zu jemandem gehören? Gestern habe ich noch mir selbst gehört." Sie rieb über ihre Arme, weil ihr trotz des sonnigen Wetters kühl war. „Ich schätze… ich dachte nur, ich hätte noch ein wenig Zeit, bis du mich findest."

Sie sah, dass Gabriel einen Moment erstarrte, bevor er fragend zu ihr herumwirbelte.

„Was meinst du damit, bis ich dich finde?", fragte er.

„Nun, ich bin ein Orakel. Ich habe Bruchstücke meiner eigenen Zukunft gesehen. In dem Moment, in dem ich dein Gesicht beim Vogelkäfig sah, wusste ich, wer du bist."

„Was ist der Vogelkäfig?", wollte er wissen. „Und wenn du wusstest, dass du einen Gefährten haben würdest, warum bist du dann jetzt so überrascht?"

„Der Vogelkäfig ist der Ort, an dem uns Pere Mal eingesperrt hat", erklärte Cassie, da sie beschlossen hatte, die einfachere Frage zu beantworten. Zum Glück ergriff Gabriel sofort die Gelegenheit, Fragen über Pere Mal zu stellen.

„Wie viele von euch waren dort genau?"

Cassie schüttelte den Kopf.

„Ich weiß es nicht. Ich habe fünf oder sechs kennengelernt. Aber als sie uns aus dem Vogelkäfig geholt haben, wirkte es, als wären noch viel mehr da. Sie sperrten uns alle in unseren eigenen Räumlichkeiten ein."

„Und du denkst, Pere Mal wollte, dass du das Dritte Licht suchst?", fragte er.

„Er hat mich gebeten, nach dem Dritten Licht zu

suchen, ja", sagte Cassie zögernd. „Es ist nur… was weißt du über Orakel?"

Gabriel blinzelte und rückte näher. Sie hatte jetzt eindeutig seine Neugier geweckt. Obwohl er die Statur eines Kriegers hatte, war ihr zukünftiger Gefährte vielleicht doch eher ein Gelehrter als ein Kämpfer.

„Nur das, was ich gelesen habe, was nur sehr wenig ist."

Cassie nickte und versuchte, die richtigen Worte zu finden, um es ihm zu erklären.

„Es gibt zwei Arten von Prophezeiungen: angebotene und angefragte. Angebotene entstehen irgendwie in mir. Ich bitte nicht um sie und ich habe keine Kontrolle darüber, wann sie mir erscheinen. Eine Prophezeiung anzufragen ist jedoch etwas anderes. Ich kann versuchen, spezifische Informationen zu finden, nach dem Ergebnis einer bestimmten Tat zu suchen."

„Und Pere Mal hat dich wahrscheinlich für Letzteres eingesetzt, nehme ich mal an."

„Ich glaube, er hat für beide Arten Verwendung gehabt, aber ja."

„Also warum hat er dich nicht einfach dazu gezwungen, den Namen des Dritten Lichtes zu erfragen?"

„Es ist sehr schwierig Prophezeiungen zu Dingen zu machen, die eigentlich noch nicht bekannt sein sollten. Das Schicksal hat seine Methoden, um die Dinge unter Verschluss zu halten."

Gabriel warf ihr einen betroffenen Blick zu.

„Das erklärt es aber nicht", wandte er ein.

„Eine Vision heraufzubeschwören erfordert ein Opfer. Je größer die Forderung, desto größer das Opfer. Pere Mal war gewillt, geduldig zu sein, weil er dann im Austausch nur kleinere Opfer darbringen musste. Wie beispielsweise sein Blut, Opfer von Mastkälbern, solche Sachen eben. Er war nicht bereit, die Art von Opfer zu bringen, die nötig wäre, um das Dritte Licht zu finden. Zumindest noch nicht."

„Ah", murmelte Gabriel nickend. „Ich schätze, das macht uns zu echten Glückspilzen, dass wir dich gefunden haben, bevor er ein Opfer gefunden hat, das zu machen er bereit war."

„Ist das der einzige Grund?", fragte Cassie verletzt.

„Cassie", sagte Gabriel, trat näher an sie heran und nahm ihre Hand.

Seine Berührung sandte Hitzeschauer über Cassies Haut und als Gabriel an ihrer Hand ruckte, um sie näher an sich zu ziehen, konnte sie nicht widerstehen. Sie neigte den Kopf nach hinten und starrte in Gabriels Gesicht hoch. Interesse regte sich weiter unten in ihrem Körper, während sie beobachtete, wie sich seine Augen mit dem gleichen Hunger verdunkelten, den sie verspürte.

Obwohl das wirbelnde Verlangen zwischen ihnen zu schnell anwuchs, passierte der Kuss ganz langsam. Gabriel drückte ihren Arm hinter sie und presste ihre ineinander verflochtenen Finger an ihren unteren Rücken. Ihre Körper schmiegten sich aneinander, woraufhin sich Cassies Körper anspannte und ihre Zehen sich voller Vorfreude krümmten.

Gabriel strich mit einer Fingerspitze von ihrem Schlüsselbein zu ihrem Kiefer, seine Miene zeigte so etwas Ähnliches wie Verwunderung. Als er ihren Kiefer mit derselben Fingerspitze anhob und seine Augen auf ihren Mund sanken, öffneten sich Cassies Lippen einladend.

Gabriel beugte sich nach unten und strich mit seinem Mund über ihren, eine brennende Verlockung. Er wich zurück und zögerte, bevor er zurückkehrte. Als er sie schließlich küsste, fanden ihre Lippen einander, als könnte nichts natürlicher, nichts richtiger sein.

Gabriels Zunge berührte Cassies und entfachte ein Feuer tief in ihr. Sie schob ihre freie Hand zu seinem Hals hoch und vergrub ihre Finger in seinen Haaren. Gabriel gab einen leisen, tiefen Laut von sich, der Cassies Knie ganz schwach werden ließ, und sie knabberte an seiner Unterlippe. Ihre Augen schlossen sich und sie seufzte, während sie sich ihm entgegen reckte und mehr wollte.

Einen Herzschlag später gab Gabriel sie frei und trat zurück, wobei er aufgewühlt wirkte. Cassies Augen flogen auf und ihre Finger zu ihren geschwollenen Lippen. Sie sah Furcht klar und deutlich auf Gabriels Gesicht, was sich wie eine Ohrfeige anfühlte.

Ein humorloses Kichern entwich ihrer Kehle und Cassie schüttelte den Kopf.

„Okay", sagte sie mehr zu sich selbst. „Du bist offensichtlich nicht bereit dafür."

Sie wirbelte herum, ging zurück zur Hintertür und schnitt eine Grimasse, als sie entdeckte, dass der Bedienstete im Smoking sie vom Fenster aus beobachtete.

„Cass, warte! Wohin gehst du?", fragte Gabriel, der ihr folgte.

„Ich werde meine Freundin Alice suchen. Ihr Kerle habt nur ein Mädchen von Dutzenden gerettet und ich sehe nicht, dass du es eilig hast, die anderen zu retten. Wenn du es nicht tun wirst, werde ich es eben tun", entgegnete sie.

„Wir sollten mit Rhys und Aeric reden, uns einen Plan überlegen", sagte Gabriel. „Du weißt nicht einmal, wo sie ist!"

„Nein, aber ich denke, ich weiß, wen ich fragen kann", erwiderte Cassie, zog die Tür auf und stürmte ins Haus. „Ich habe meine Quellen. Und du kannst aufhören, dich als mein Beschützer aufzuspielen. Ich versichere dir, ich kann auf mich selbst achtgeben."

Sie stoppte abrupt, weil sie realisierte, dass sie gar nicht wusste, wie sie aus dem Haus rauskommen konnte. Als der Mann im Smoking eine Braue hochzog und zur anderen Seite des großen Wohnbereiches zeigte, nickte ihm Cassie widerwillig zu.

„Du warst vier Jahre lang eine Gefangene. Wie kannst du da *Quellen* haben?", verlangte Gabriel zu wissen.

Cassie warf ihm über ihre Schulter einen bösen Blick zu und eilte zum Eingangsbereich des Herrenhauses, wobei sie nicht anhielt, bis sie aus der Eingangstür trat. Sie lief die breiten Marmorstufen hinab und sah sich um, während sie versuchte, einen kühlen Kopf zu erlangen.

„Wo sind wir, Esplanade?", fragte sie.

„Ja, aber −", versuchte es Gabriel.

Cassie drehte sich um und schaute ihn an.

„Kommst du mit oder nicht?", wollte sie wissen.

Ohne auf eine Antwort zu warten, lief sie hinaus auf die Straße mit der festen Absicht, ein Taxi anzuhalten.

4

Gabriel unterdrückte ein Stöhnen, als er die flammenhaarige Femme fatale dabei beobachtete, wie sie die Eingangstreppe des Herrenhauses hinabstürmte. Es gab nichts, das er weniger tun wollte, als Zeit mit ihr zu verbringen und sich zu erlauben, einer anderen Frau näherzukommen, noch eine Person, die er im Stich lassen konnte. Vielleicht lag es auch daran, dass ihn Cassies feuriges Temperament an die Intoleranz für Dummheit seiner Schwester Caroline erinnerte. Vielleicht lag es auch nur an ihrem Geschlecht. Vielleicht war er ein *Sexist*, ein amüsantes neues Wort, das er in einem der Abendkurse gelernt hatte, die er in der Tulane Universität besucht hatte.

Das Konzept des Sexismus war definitiv moderner als Gabriel, doch er verstand es nur allzu gut. Er nahm an, dass er nicht unbedingt ein Problem mit Cassie oder Caroline oder irgendeiner anderen Frau hatte. Er wusste lediglich, dass er ihnen niemals gerecht werden könnte, weshalb er allem aus dem Weg ging, das mehr als ein paar Stunden Vergnügen mit sich brachte.

Seit seiner Ankunft in New Orleans hatte er viele, viele

Stunden an Vergnügen gesammelt, aber das war weder Fisch noch Fleisch gewesen... Vor allem wenn er Cassie ansah, die in einen verführerischen, knöchellangen, saphirblauen Rock und eine enge weiße Bluse gekleidet war, während ihre feuerroten Haare über ihren Rücken fielen. Wenn Gabriel sie in einem der Kith-Clubs entdeckt hätte, Gefährtin hin oder her, hätte er so gut wie alles getan, damit sie mit ihm nach Hause ging.

Ein Taxi fuhr an den Gehweg und Gabriel eilte die Treppe hinab. Er schlug seine Hand gegen die Tür, bevor Cassie sie öffnen konnte, und ignorierte ihren wütenden Blick.

„Lass dich wenigstens von mir fahren", sagte er. „Eines unserer Autos ist auf der anderen Straßenseite geparkt."

Er deutete auf den glänzenden schwarzen SUV, der nur wenige Meter entfernt stand, und zu seiner Erleichterung gab Cassie nach.

„Schön", stimmte sie zu, den Mund zu einem dünnen Strich zusammengepresst. Sie bedeutete dem Taxifahrer, dass er weiterfahren könne, und sah ihn ungeduldig an.

„Lass mich nur schnell die Schlüssel bei Duverjay holen", sagte Gabriel. Auf ihren verwirrten Blick hin erklärte er: „Der Butler. Im Smoking mit dem Schwalben-schwanz-Sakko?"

Cassie verdrehte die Augen und lief zurück zum Vorgarten des Herrenhauses, wo sie sich zum Warten auf eine Marmorbank fallen ließ. Gabriel wusste, dass er sie wirklich verärgert hatte, aber er sollte verdammt sein, wenn er wüsste, was er deswegen unternehmen könnte. Er konnte sich wohl schlecht für seine Gefühle gegenüber der Gefährten-Geschichte entschuldigen, oder?

Als er die Schlüssel aus der Eingangshalle des Herrenhauses holte, fragte er sich, ob es vielleicht sogar besser war, wenn sie wütend blieb. Gabriel beabsichtigte, eine gewisse

Distanz zwischen ihnen zu wahren und was wäre da besser, als der Natur freien Lauf zu lassen?

Bevor er das Herrenhaus verließ, schnappte er sich noch einen *Notfallrucksack* im Foyer. Dem fehlte zwar ein Schwert, seine Lieblingswaffe, aber er enthielt mehrere Waffen und Geld, nur für den Fall.

„Alles klar", sagte Gabriel, als er sich wieder zu Cassie gesellte. Er schloss das Auto auf, lief zur Beifahrerseite, um ihr die Tür zu öffnen, und bemühte sich, nicht über ihren misstrauischen Gesichtsausdruck zu grinsen. Er warf den Rucksack auf die Rückbank und rutschte auf den Fahrersitz, wobei er das Gesicht verzog, als er seine schlaksige Gestalt in das Auto quetschte.

„Ich werde mich wohl nie an Autos gewöhnen", seufzte er, während er vom Parkplatz auf die Esplanade fuhr.

„Ich hatte vor einigen Jahren ein Auto, damals als ich noch ein Teenager war. Einen miesen, winzigen Kleinwagen. Deine Beine und jenes Auto hätten sich nicht vertragen", erzählte Cassie. „Du hättest zum Fahren auf dem Rücksitz sitzen müssen oder so."

„Lass es uns nicht ausprobieren. Wohin fahren wir übrigens?", fragte Gabriel.

„Jackson Square", antwortete Cassie.

Gabriel blinzelte überrascht von ihrer Antwort. Direkt im Herzen des French Quarter stand die St. Louis Kathedrale, eine der ältesten Touristenattraktionen der Stadt. Vor der prächtigen Kirche befand sich ein kleiner Park, der zu allen Seiten von Restaurants, Kunstgalerien und Geschäften umgeben war. In den leeren Flächen dazwischen drängten sich Künstler, Hot Dog und Snoball Verkäufer, Schachgroßmeister, die Unterricht anboten, Straßenkünstler und jeder andere vorstellbare Händler – Jackson Square.

Gabriel hatte damit gerechnet, dass Cassies Quellen mit dem Graumarkt zu tun hätten, dem großen paranormalen Untergrundmarkt, der vor den Augen der Menschen versteckt war. Und wenn nicht dort, dann an einem anderen Treffpunkt der Kith, der übernatürlichen Gemeinde.

„Du wolltest mitkommen", erinnerte Cassie ihn und wandte sich ab, um aus dem Fenster zu schauen. „Einen Parkplatz zu finden, wird ein Albtraum werden, das ist dir hoffentlich klar?"

„Trotz der üblichen Verkehrszustände im French Quarter können die Wächter parken, wo sie möchten", erklärte Gabriel schelmisch.

Das weckte Cassies Aufmerksamkeit.

„Ich dachte, dass niemand vor den Strafzetteln wegen Falschparkens in New Orleans sicher wäre", sagte sie. „Sie sind so unvermeidlich wie der Tod und Steuern."

Gabriel lächelte sie schief an.

„Wir haben Freunde in jeder Regierungsebene von New Orleans. Ich versichere dir, die Dienste, die wir der Stadt erweisen, wiegen ein paar Strafzettel locker auf."

Sie seufzte bloß, während Gabriel auf einen Parkplatz zusteuerte, der nur einen Block von der Kathedrale entfernt war. Sobald er eingeparkt hatte, schien es Cassie äußerst wichtig zu sein, aus dem Auto zu steigen, bevor er um die Motorhaube laufen und ihr die Tür öffnen konnte.

Gabriel sah zum Himmel hoch und bat um Geduld. Natürlich musste das Schicksal ihm eine moderne, unabhängige Frau als Gefährtin schicken. Jemanden, der seine Wünsche nicht einfach akzeptieren würde. Sich über das Gesicht reibend beeilte sich Gabriel, Cassie einzuholen.

„Holen wir uns einen Snoball?", riss Gabriel einen Witz über die kühle Süßigkeit, die die Einheimischen vergötterten und die aus mit Sirup übergossenem Shaved Ice bestand.

„Wie du willst, du kannst dir gerne einen holen", sagte Cassie. „Aber ich werde Madame Marquis besuchen."

„Madame wer?"

Cassie führte ihn zum Jackson Square. Der Park war

umgeben von einem sechs Meter hohen schmiedeeisernen Zaun, um den sich die meisten Verkäufer versammelt hatten. Cassie ging auf eine Frau zu, die auf einem Campingstuhl saß und auf einem kleinen Tisch, der mit schwarzem Samt überzogen war, Tarotkarten hin und her schob. Ein riesiges Banner hing hinter ihr am Zaun und verkündete: „Madame Marquis – Wahrsagerin 5$/10Minuten".

„Ah", sagte Gabriel und bemühte sich, sich seine Enttäuschung nicht anmerken zu lassen. Nach Cassies Augenrollen zu schließen war ihm das vermutlich nicht gelungen. Zu seiner Verteidigung musste man jedoch anführen, dass die Madame lächerlich aussah. Sie war eine sechzigjährige, kaukasische Frau, die sich in ein „Zigeuner"-Kostüm gehüllt hatte, einschließlich wogender Schals und Röcke, Ringe an jedem Finger. Ihre dunkle Frisur sah ebenfalls höchst zweifelhaft aus und Gabriel war sich ziemlich sicher, dass es sich um eine Perücke handeln musste.

„Beleidige sie ja nicht, sie ist sehr emotional", warnte Cassie ihn, bevor er auch nur einen Kommentar machen konnte.

Gabriel kam nicht umhin zu bemerken, wie die Wahrsagerin auf die Füße sprang, als sich Cassie näherte.

„Orakel!", keuchte die Seherin, während ihre Augen umherhuschten und auf Gabriel landeten. Ihre Miene wandelte sich nach einem Moment von Schock zu Neugierde. „Und ein Wächter?"

„Ja, Madame", bestätigte Cassie, trat näher und schüttelte ihr die Hand. Sie warf ihre dichte rote Mähne nach hinten. „Können wir uns einen Moment zu dir setzen?"

„Natürlich, Orakel", erwiderte die Madame und schob zwei Klappstühle in ihre Richtung. „Setzt euch, setzt euch."

„Wie klappt es mit den Karten?", fragte Cassie beiläufig und ignorierte die offenkundige nervöse Aufregung der anderen Frau. An Gabriel gewandt erklärte sie: „Ich kümmere mich um ihre Karten, sorge dafür, dass sie exakter sind."

„Wundervoll, wundervoll", entgegnete die Madame, leckte über ihre Lippen und ließ sich auf ihrem Stuhl nieder. Sie schob die bunten Tarotkarten, die auf dem Tisch verteilt waren, zu einem ordentlichen Stapel zusammen, den sie mit dem Bild nach unten vor sich ablegte. Die Hand der Madame streckte sich langsam, um eine riesige Kristallkugel zu streicheln. Ihr Blick huschte unterdessen immer wieder hungrig zwischen der Kugel und Cassie hin und her.

„Ich brauche zwei Dinge von dir, Madame. Im Gegenzug kann ich deine Karten wieder beeinflussen und die Kristallkugel ebenso, wenn du möchtest", bot Cassie an. Beim Sprechen schälte sie den Handschuh von ihrer rechten Hand und starrte die Madame an, als wolle sie die Frau dazu herausfordern, etwas über Cassies Narben zu sagen.

Zu Gabriels Überraschung schien die andere Frau sie gar nicht zu bemerken. Ihre Begeisterung über Cassies Gabe war einfach viel zu groß, um sich von Cassies Aussehen ablenken zu lassen. In diesem Moment wurde Gabriel klar, dass, wenn es um Cassies Narben ging, ihre eigene Furcht vor der Reaktion anderer viel schwerwiegender war als die Realität.

Als Cassie auch den linken Handschuh auszog, leuchteten die Augen der Madame kurz auf und schlossen sich dann leicht.

„Pere Mal wird kommen", sagte die Madame etwas traurig. „Er wird wissen, dass du hier warst. Daran kann ich nichts ändern."

„Natürlich nicht, ich würde dich auch nicht darum bitten, ihm eine solch große Lüge aufzutischen", beruhigte Cassie sie und fuhr mit den Fingerspitzen über das samtene Tischtuch. „Du kannst ihm erzählen, dass ich hier war, aber ich möchte, dass du meinen Freund hier verschweigst. Pere Mal wird ohnehin bald wissen, dass ich bei den Wächtern bin. Dazu braucht er deine Hilfe nicht."

Cassie bedachte die Madame mit einer fragend hochgezogenen Augenbraue, woraufhin diese den angehaltenen Atem ausstieß.

„Ja, ja", sagte die Wahrsagerin und schob die Karten zu Cassie. Cassie machte Anstalten, sie in die Hand zu nehmen, stoppte dann aber.

„Da gibt es noch etwas, das ich brauche", erklärte Cassie.

Gabriel beobachtete das Gespräch mit einiger Faszination. Für eine Frau, die angeblich mehrere Jahre in Gefangenschaft verbracht hatte, war Cassie sozial extrem versiert. Als jemand, der auf den Straßen Londons aufgewachsen war, hatte Gabriel Fischweiber gekannt, die neidisch auf die Verhandlungskünste seiner hübschen rothaarigen Gefährtin gewesen wären.

Er verzog finster das Gesicht, weil seine Gedanken erneut auf Abwege gerieten. *Gefährtin,* dieses unsägliche Wort. Er sollte nicht so an sie denken. Sein Bär regte sich kurz und teilte Gabriel sein Missfallen darüber mit, dass Gabriel sich weigerte, Cassie sofort an Ort und Stelle zu nehmen, sie zu markieren und für sich zu beanspruchen.

„ – du musst mir verraten, wie ich jemanden finden kann", sagte Cassie gerade, als Gabriel seine Aufmerksamkeit mühsam zurück auf das gegenwärtige Gespräch lenkte. „Jemanden, der gefangen gehalten wurde wie ich."

„Ohhhh", murmelte die Madame, während sie beobachtete, wie Cassies Finger über die Tischplatte tanzten. „Orakel, ich weiß so etwas nicht…"

Cassie schien einen Augenblick darüber nachzudenken, dann tat sie so, als wolle sie aufstehen.

„Wenn du mir nicht helfen kannst –", begann Cassie.

„Nein, nein! Warte, warte", unterbrach die Seherin sie

hastig und senkte ihre Stimme zu einem Flüstern. „Ich weiß, wen du fragen könntest, Orakel. Nur, geh nicht."

„Ich höre", sagte Cassie, streckte die Hand aus und nahm die Tarotkarten in die Hand. Sie streichelte die Karten ein paar Mal und warf Madame Marquis dann einen Blick zu.

„Es gibt da einen Mann, einen sehr bösen Mann", erzählte die Madame, die ein wenig blass aussah. „Ciprian Asangel. Er steht auf dem dritten Rang der Gesellschaftshierarchie der Vampire. Er wird etwas wissen."

„Interessant", erwiderte Cassie. Sie schloss ihre Augen und schien sich einige Momente auf die Karten zu konzentrieren. Als sie ihre Augen wieder aufschlug, legte sie die Karten beiseite. „Erzähl mir, wo ich ihn finden kann und ich werde auch die Kristallkugel mit Energie versehen."

Madame leckte abermals über ihre Lippen und ihr Gesicht gewann wieder ein wenig an Farbe.

„Kennst du die Bar Bellocq?", fragte die Seherin. „Er führt den Kith-Bereich, den Schlupfwinkel in der Sitznische, die am weitesten entfernt von der Tür ist."

„Dort war ich schon", antwortete Cassie.

Gabriel war leicht überrascht, das zu hören, weil das Bellocq eine piekfeine Bar war, in der Frauen reihenweise abgeschleppt wurden. Er selbst hatte noch nie einen Fuß in die Bar gesetzt, aber er kannte den Ruf des Ladens nur allzu gut. Sowohl der menschliche als auch der Kith Bereich troffen nur so vor Reichtum und Sex und ein Teil von ihm hasste die Vorstellung, dass Cassie dort Zeit verbracht hatte.

Er beobachtete schweigend, wie Cassie ihre Hand ausstreckte und auch bei der Kristallkugel ihren Hokuspokus anwandte.

„Dankeschön, Orakel", sagte die Madame.

„Denk an unseren Deal, ja?", erinnerte Cassie sie.

„Ja, ja", stimmte die Wahrsagerin zu, auch wenn ihr Blick direkt zu Gabriel schnellte.

„Ein Penny für deine Gedanken, Madame?", fragte Gabriel.

Madame Marquis sah mehrere Momente zwischen Gabriel und Cassie hin und her, ehe sie langsam den Kopf schüttelte.

„Ich kann dir die Karten legen, Wächter, aber ich kann dir nicht die Zukunft des Orakels verraten."

Gabriel runzelte die Stirn, bereit, sie weiter zu befragen, doch Cassie sprang auf die Füße und unterbrach ihn, während sie ihre Handschuhe überstreifte.

„Okay, wir sollten dann mal wieder los. Wir wollen die Madame schließlich nicht um ihre Kundschaft bringen", sagte Cassie und warf Gabriel einen bedeutsamen Blick zu.

„Ja, ja. Vielen Dank, Orakel", bedankte sich Madame Marquis erneut, stand auf und schüttelte Cassie abermals mit großen Augen die Hand.

Gabriel ließ sich von Cassie an der Hand wegzerren, während er sich fragte, was Cassie wohl zu verbergen hatte.

„Wo bekomme ich jetzt etwas zum Anziehen fürs Bellocq her?", wunderte sich Cassie laut, während sie ihn zurück zum Auto schleifte. Gabriel ignorierte die Wärme, die seine Brust bei ihrer einfachen, unschuldigen Berührung durchströmte, und konzentrierte sich stattdessen auf ihre Worte.

„Wir haben deine Koffer. Nun, wir haben einige Dutzend Koffer und ein paar davon sind vermutlich deine", berichtete Gabriel. „Aber du brauchst nichts zum Anziehen fürs Bellocq, weil du nicht hingehen wirst."

Cassie blieb wie angewurzelt stehen, schlug seine Hand weg und funkelte ihn böse an.

„Ist das so?", fragte sie mit flachem Ton.

„Die Wächter werden gehen. Das ist unser Job, Cass."

„Erstens", begann Cassie und hob einen Finger, um seine Aufmerksamkeit zu gewinnen, „komm mir hier nicht mit Cass."

Gabriel musste sich sehr anstrengen, um bei ihrem wütenden Tonfall nicht zusammenzuzucken.

„Zweitens hast du mir nicht zu sagen, wohin ich gehe oder nicht gehe. Ein kleiner Kuss gibt dir nicht das Recht, über mich zu bestimmen."

Gabriel seufzte.

„Das ist nichts Persönliches. Wir würden Duverjay oder Mere Marie auch nicht gehen lassen."

Cassie schnaubte.

„Ich würde wirklich gerne sehen, wie du Mere Marie Befehle erteilst. Es ist ziemlich offensichtlich, dass sie die Hosen anhat."

Gabriel grübelte einen Augenblick darüber, aber Cassie sprach weiter.

„Ich würde dich auch gerne darauf aufmerksam machen, dass du ohne mich nicht einmal durch die verflixte Tür des Bellocq kommst. Vielleicht bekommst du Zutritt zur menschlichen Seite, einfach nur weil du gut aussiehst, aber die Kith Seite wird streng kontrolliert."

„Und du weißt natürlich zufällig das geheime Passwort?", fragte Gabriel und legte den Kopf schief.

„Ich kenne die Türsteher, was sogar besser ist."

„Und woher genau kennst du sie?"

„Das geht dich nichts an. Erinnerst du dich an meinen ersten Punkt?", fragte Cassie, die scheinbar das bisschen Geduld verlor, das sie noch übrig gehabt hatte.

„Okay, nun, wie hast du es geschafft, im Bellocq trinken zu gehen und gleichzeitig eine Gefangene zu sein?", wollte Gabriel herausfordernd wissen und verschränkte die Arme.

„Pere Mal muss regelmäßig mit seinen 'Trümpfen' prahlen. Er tauscht sehr häufig Gefallen aus, weswegen die Leute wissen müssen, was genau er zu bieten hat. Ich bin eines der wertvollsten Trümpfe, die er hat oder eher hatte. Er hat mich ein paar Mal im Monat ausgeführt, um mich herumzuzeigen."

„Und warum bist du nicht einfach abgehauen? Aus einem Fenster geklettert oder so?"

Etwas in Cassies Gesicht verhärtete sich.

„Das habe ich, beim zweiten Mal, als er mich ausgeführt hat. Ich bin aus dem VIP-Raum geschlichen und zu meinen Eltern zurückgerannt."

„Und er hat dich wieder entführt, vor den Augen deiner Eltern?", fragte Gabriel entsetzt. Eine so mächtige Hexe wie Cassie stammte doch sicherlich von zwei mächtigen Magiern ab, die stark genug waren, um ihr Kind vor jeglichem Schaden zu beschützen.

Cassie lachte kalt und warf ihre Haare zurück. Sie schob einen ihrer Ärmel hoch und zeigte Gabriel hunderte feiner weißer Narben an ihren Handgelenken und der Innenseite ihrer Ellbogen.

„Wer denkst du, hat mich überhaupt erst an ihn verkauft? Nein, eigentlich war es sogar schlimmer. Sie haben mich verkauft, bevor ich auf all meine Kräfte zugreifen konnte. Sie dachten, ich wäre schwach. Also haben sie mich auf dem Graumarkt an einen Vampir verschachert. Bevor ich zum Orakel wurde, war ich eine Blutsklavin."

Eis legte sich um Gabriels Herz und ließ ihn innerlich gefrieren. Seine Fäuste ballten sich allein bei dem Gedanken. Einige Blutspender wurden gut behandelt und führten ein langes Leben, aber die zwielichtigeren Vampirhändler erlaubten ihren Kunden, die versklavten Spender in einigen wenigen Jahren zu verbrauchen, bevor sie sie auf der Straße aussetzten, wo sie nur noch ein kurzes, erbärmliches Leben führen konnten, weil sie ihrer Stärke und ihres Intellekts beraubt worden waren.

„Wie alt warst du?", fragte er, wobei er die Worte kaum zwischen seinem zusammengepressten Kiefer hervorbekam.

„Sechzehn." Cassie rollte ihren Ärmel wieder nach unten und bedachte Gabriel mit einem harten Blick. „Wenn du mich weiterhin so anschaust, mit diesem elenden Mitleid, dann werde ich dir meine Faust direkt in dein hübsches Gesicht rammen."

„Es ist nur… eine Menge zu verarbeiten. Ich versuche gerade, nicht die Fassung zu verlieren", gestand Gabriel.

Cassie lächelte ihn spöttisch an, während sich vor Wut eine hektische Röte auf ihren bleichen Wangen ausbreitete.

„Tja, es tut mir ja so leid, dass deine so genannte Gefährtin gebrauchte Ware ist. Das Schicksal muss sich für einen Witzbold halten, weil es mich mit Mr. Perfekt gepaart hat. Es ist schließlich nicht so, als hätte ich irgendetwas zu dem sagen können, was mit mir passierte", sagte sie mit gebleckten Zähnen.

„Cass", ächzte Gabriel. Sie machte Anstalten, sich von ihm abzuwenden, und er packte sie, um sie an seinen Körper zu pressen. „Schau mich an. Das würde ich nie, niemals denken. Und ich bin nicht perfekt, ganz im Gegenteil."

Cassie sah zu ihm hoch, steif in seinen Armen, in ihren großen grauen Augen glitzerten unvergossene Tränen.

„Lass mich los", flüsterte sie, während sich ihr Blick in seinen bohrte.

„Nicht, bis du mir zuhörst", widersprach er und beugte sich nach unten, um mit seinen Lippen über ihre zu streichen. Ihr Duft überwältigte ihn, würzig süßer Zimt. Der Druck ihres Bauches und Brust an seiner brachte seinen Schwanz vor neuerwecktem Interesse zum Zucken.

Cassie starrte zu ihm hoch, Unsicherheit offenkundig auf ihren Zügen. Gabriel gab ihr einen langsamen, tiefen Kuss und gab ihre Lippen schließlich widerwillig frei.

„Deine Vergangenheit bedeutet mir nichts. Sag mir, dass du mir glaubst", verlangte Gabriel, sprach seine Forderung aber sanft aus.

Cassie biss auf ihre Lippe und nickte. Anschließend hob sie ihre Hände an seine Brust, um ihn sanft wegzuschieben.

Als sie einige Zentimeter zwischen sie beide gebracht hatte, atmete sie tief ein.

„Ich bin keine zarte Blume, Gabriel."

Er kam nicht umhin, den Klang seines Namens auf ihren Lippen zu lieben.

„Du bist stärker als die Meisten, würde ich doch meinen."

„Ja", bestätigte sie und richtete erneut die Ärmel ihrer Bluse. „Und ich werde mit dir ins Bellocq gehen. Ich verstehe, dass du für eine Gefährtin nicht bereits bist. Ich bin es vielleicht auch nicht. Aber du wirst meine Hilfe bei der Suche nach den anderen Mädchen akzeptieren müssen."

Nach einem langen Augenblick konnte Gabriel nur nicken.

„In Ordnung", stimmte er zu, streckte seine Hand aus und ergriff ihre wieder. Als sie sich seiner Berührung nicht verweigerte, zog er sie an seine Seite und lief mit ihr zurück zum Auto. Er war sich völlig im Klaren darüber, dass er gerade etwas wirklich Schwierigem zugestimmt hatte. „Wir können sowieso nicht heute Abend gehen. Es ist Neumond. Also wird keiner der Vampire unterwegs sein. Sie sind weg und machen die geheimen Dinge, die sie zusammen in ihren kleinen Zirkeln machen."

„Ich schätze, dann müssen wir etwas anderes finden, um uns die Zeit zu vertreiben", sagte Cassie und schürzte die Lippen. „Spielst du zufällig Schach?"

Er unterdrückte ein Stöhnen, weil sie ihn so unverblümt neckte. Anscheinend würde Gabriel Thorne sehr viel Zeit mit der unvergesslichen, umwerfenden Cassandra Chase verbringen, ob er es nun wollte oder nicht.

5

Cassie trug eine letzte Schicht glänzenden, rubinroten Lippenstift auf und bewunderte sich in ihrem Taschenspiegel. Ihr geschwungener Lidstrich war makellos, ihre orangeroten Locken zu einer kunstvollen Hochsteckfrisur aufgetürmt und ein dünner Goldreif ruhte auf ihrem Kopf. Das war das Tolle an Kith-Clubs, das, was Cassie am meisten liebte: man konnte die konventionellen Kleider im Schrank hängen lassen und sich wirklich allein zu dem Zweck einkleiden, andere zu beeindrucken, ganz egal ob das für einen normalen Club der Menschen angebracht wäre oder nicht.

Sie war nicht gerade begeistert von den Vampiren, die das Bellocq führten, hauptsächlich weil deren monatliches Verschwinden während des Neumonds dafür gesorgt hatte, dass sie mit Gabriel vier Tage am Stück im Herrenhaus festgesessen hatte. Zum einen waren weder Cassie noch Gabriel geduldig, wie es schien, und zum anderen wurde die lustvolle Spannung, die zwischen ihnen erblühte, so langsam unerträglich.

Selbst jetzt, da Aeric zwischen ihr und ihrem zukünftigen Gefährten saß, konnte Cassie nichts anderes als Gabriel riechen. Sie konnte jedes Mal seine Haut unter seinen Kleidern *riechen*, wenn er auf seinem Platz im Auto herumrutschte. Dass sie wusste, dass es sich dabei um Gabriels Haut handelte, ganz spezifisch seine Haut, war abschreckender als Cassie es jemals in Worte fassen würde können.

Und heute Abend würden sie miteinander reden, sich berühren und als Team arbeiten müssen. Wie zur Hölle sollte das nur klappen?

Das Orakel regte sich in Cassie, vielleicht reagierte sie auf ihre schlechte Laune. Sie holte tief Luft und versuchte an etwas Positives zu denken und dem Orakel eine positive Stimmung zu vermitteln. Das Letzte, was Cassie jetzt gebrauchen konnte, war, dass sie besessen und ihre Augen flammendrot wurden und sie anschließend kryptische Prophezeiungen darüber verkündete, wie die Passagiere des Autos leiden und sterben würden. Wenn das Orakel sprach, waren die Offenbarungen selten tröstend und erfreulich.

Cassie seufzte und blickte aus dem Fenster, während Duverjay den SUV um den Lee Circle im zentralen Geschäftsviertel New Orleans lenkte. Sie betrachtete die elegante weiße Statue in der Mitte des Kreisverkehrs. Robert E. Lee stand dort und blickte über den Highway. Er zählte nicht zu Cassies Lieblingsmenschen, aber er gab eine eindrucksvolle Statue ab.

„Das ist es, dort drüben auf der rechten Seite", sagte Cassie und deutete auf ein gedrungenes olivgrünes Gebäude.

„Das macht nicht gerade viel her", brummte Rhys vom Beifahrersitz. Er stupste den Butler der Wächter an, ihren Fahrer für den Abend. „Lass uns hier raus, Duverjay."

Duverjay fuhr an den Straßenrand und wartete, bis Cassie und die Wächter vor dem *Hotel Modern* ausstiegen, das an sich schon einer der Treffpunkte der Schickeria war.

Es war zweiundzwanzig Uhr dreißig, genau die richtige Uhrzeit, um sich in die zahlreichen sozialen Aktivitäten New Orleans zu stürzen. Im Moment saßen einige Leute auf der Terrasse beim Hoteleingang, nippten an Drinks und plauderten miteinander. Ein Drittel von ihnen unterbrach ihr Tun und starrte Cassie, Gabriel, Rhys und Aeric an, als sie den SUV verließen.

Cassie glättete mit den Händen ihr rückenloses, goldenes Aidan Mattox Kleid. Das bodenlange Kleid passte ihr wie eine zweite Haut, schmiegte sich an all die richtigen Stellen und die komplexe goldene Perlenstickerei schimmerte im Mondlicht. Die Stickerei breitete sich von ihrer Taille wie Sonnenstrahlen aus, was ihrer Figur ungeheuer schmeichelte. Sie sah wie eine rothaarige Venus aus, die dem Meer entstieg und von drei absolut hinreißenden Männern in Smokings begleitet wurde.

Kein Wunder, dass die Leute sie anstarrten. Cassie ließ sich ihre Belustigung nicht anmerken und rauschte einfach an den Hotelgästen vorbei. Gabriel war direkt hinter ihr und Cassie wusste, dass er mindestens genauso viel Aufmerksamkeit erhielt wie sie, wenn nicht sogar mehr. Sein Burberry Smoking passte ihm so gut, dass Cassie es kaum über sich brachte, auch nur einen Blick in seine Richtung zu werfen, weil sie zu große Angst hatte, dass sie zu sabbern anfangen würde.

Gabriel war gut *gebaut*, so viel stand fest. Sein Hintern in diesem Smoking war ein Verbrechen an der Menschheit.

„Wo ist der Eingang zum Club?"

Cassie warf dem fraglichen Mann einen Blick zu, als er ihren wollüstigen Gedankengang unterbrach.

„Diese Richtung durch den Innenhof", antwortete sie, bog um eine Ecke und führte sie zu einem großen, von Kerzen erhellten Sitzbereich. Neben den Kerzen stammte das einzige Licht von gedämpften Glühbirnen, die über ihren Köpfen gespannt waren, wodurch man dem Mond des schwülen New Orleans genug Dunkelheit ließ, um dem Innenhof eine romantische Stimmung zu verleihen.

Cassie lief an den Tischen vorbei, an denen sich lachende, fröhliche Mittzwanziger drängten, und stoppte ein Dutzend Schritte entfernt von der Stelle, an der zwei bewaffnete Wachen in Anzügen standen. Über ihnen hing ein schlicht beschriebenes Schild, auf dem stand: *bellocq – eine Craft-Cocktail Bar.*

„Und da wären wir", verkündete Cassie, lief zu den Wachen und nickte ihnen zu. „Gentlemen."

„Miss Chase", antworteten beide gleichzeitig, neigten ehrfürchtig die Köpfe und zogen die Flügeltüren auf, um sie reinzulassen.

„Das war verdächtig einfach", grummelte Aeric.

„Das waren nur die menschlichen Wachen", erklärte Cassie und rollte mit den Augen. „Sie wissen nicht einmal, was ich bin, nur dass ich ein VIP bin."

Sie betraten die menschliche Hälfte des Bellocq, einen dunklen und intimen Aufenthaltsraum, der mit purpurrotem Samt, schwarzer Seide und silbernen Akzenten geschmückt war. Paare und kleine Gruppen standen herum oder saßen auf gepolsterten Sesseln, lachten und redeten über den beharrlichen Beat der Musik hinweg. An die Wände hatte man Tischnischen gebaut, die mit dicken Kissen ausgelegt waren und von dichten Vorhängen aus silbernen und schwarzen Perlen halb verdeckt wurden.

Die Bar zu ihrer Rechten wurde wunderschön von hinten beleuchtet, aber Cassie ließ sie links liegen, um stattdessen den Raum auf direktem Wege zu durchqueren. Als sie sich dem hinteren Bereich des Raumes näherte, schwenkte sie nach links zu einer kleinen Ecke, wo sie durch eine Lücke zwischen den Nischen trat. Hier standen zwei weitere Wachen und sie musterten Cassie und die Wächter um einiges misstrauischer. Sie standen vor einem schmucklosen Abschnitt schwarz gestrichener Wand und waren beide mit Pistolen und Zauberstäben bewaffnet.

„Jacques, Redford", sagte Cassie und begrüßte die Wachen bei ihren Namen.

„Orakel", entgegnete Redford. Er war der größere der zwei Männer. Sein Anzug spannte an seiner massiven Brust und er schien das Sagen zu haben.

„Meine Freunde und ich suchen nach etwas… Ablenkung", erklärte Cassie und klimperte mit den Wimpern.

Redfords Augenbrauen schossen in die Höhe, als er von Cassie zu den Wächtern sah und offensichtlich zu irgendeinem Schluss kam, den sich Cassie nicht einmal annähernd vorstellen konnte.

„Verbürgst du dich für sie, Orakel? Du kennst die Regeln", sagte Redford und warf Cassie einen bedeutungsvollen Blick zu.

„Das tue ich", bestätigte Cassie und schenkte Redford ein verzagtes Lächeln.

Redford blickte zu Jacques, der mit den Achseln zuckte.

„In Ordnung, Orakel. Viel Spaß", sagte Redford, zog seinen Zauberstab aus seinem Gürtel und tippte damit gegen die Wand.

Die Wand flackerte einen Moment, in dem sich die Illusion auflöste und einen himmelhohen, höhlenartigen Eingang zum Kith-Club offenbarte. Der Türrahmen war von tausenden winziger Golddornen bedeckt, die im gedämpften Licht schimmerten.

„Fasst die nicht an", warnte Cassie die Wächter. Gabriel und Rhys runzelten die Stirn, aber Aeric wirkte unbeeindruckt. Zum zehnten Mal an diesem Tag hatte Cassie das merkwürdige Gefühl, dass Aeric nicht nur älter als die anderen Wächter war, sondern vielleicht auch etwas völlig anderes. Etwas… *mehr*.

Sie machten sich auf den Weg zur Kith-Seite des Bellocq und liefen hintereinander, bis sie eine einzelne gigantische Kammer betraten. Gold schimmerte auf fast jeder Oberfläche im Raum und Kerzen flackerten in eintausend winzigen Wandleuchtern, die in die glatte Steindecke gemeißelt worden waren.

Auf einer Seite befanden sich Sitznischen und gepolsterte Möbelstücke und auf der anderen eine überwältigende Bar, was beides eine Imitation der menschlichen Seite war. Den größten Unterschied stellte die Tanzfläche dar, die sich zwischen den Nischen und der Bar befand und auf der sich einhundert Körper dicht gedrängt zum donnernden Bass wiegten, den Cassie bis in ihren Knochen spüren konnte.

Gabriel stoppte neben ihr und Cassie sah, dass er überrascht etwas sagte. Das Bellocq war immerhin ziemlich beeindruckend. Es war die exklusivste, teuerste und elitärste Kith-Bar der ganzen Stadt, hauptsächlich weil es ein wahres Labyrinth an Privaträumen gab, die von dem Gang hinter der Bar abzweigten und wirklich jede Neigung bedienten.

Jedenfalls hatte Alice das Cassie erzählt.

Der Gedanke an ihre Freundin veranlasste Cassie dazu, das Rückgrat durchzudrücken, und sie berührte Gabriels Arm, um seine Aufmerksamkeit zu erlangen.

„Lass uns zuerst einen Drink holen", schlug sie vor, wobei sie ihre Stimme anhob, damit sie auch über die Musik zu hören war.

Zu ihrer Überraschung entfernten sich Rhys und Aeric von ihnen. Rhys hielt auf die Tanzfläche zu und Aeric auf den hinteren Gang.

„Mach dir keine Sorgen um sie", beruhigte Gabriel sie, der sich nah zu ihr gebeugt hatte, um ihr ins Ohr zu flüstern. Er war Cassie so nah, dass sie seinen Atem auf ihrem Hals fühlen und seinen sauberen, männlichen Duft riechen konnte.

„Ich –", begann Cassie verlegen.

Gabriel nahm ihre Hand, verflocht seine Finger mit ihren, wie er es zuvor getan hatte, und führte sie zur Bar.

Selbst in einem Kith-Etablissement voller Vampire und aller möglichen Arten von Gestaltwandlern war Gabriel der bei weitem bestaussehendste Mann in der ganzen Bar. Und auch einer der größten.

Er erkämpfte sich mit den Ellbogen eine Stelle an der Theke und schien die zwei blonden Nymphen gar nicht zu bemerken, die praktisch nach seiner Aufmerksamkeit bettelten, kicherten und ihre Brüste rausstreckten. Cassie verkniff sich eine Grimasse, während sie deren dünne Figur und ätherischen Züge musterte. Sie war sich nur allzu bewusst, dass sie viel größer und kurviger als die zwei Feen war.

„Cass", sprach Gabriel sie an und drückte ihre Hand.

Sie sah zu ihm hoch und schmolz bei seinem Gesichtsausdruck fast dahin. Er warf ihr einen übermäßig bewundernden, anerkennenden Blick zu, bei dem seine mitternachtsblauen Augen ihren Körper hoch und runter fuhren, ehe sie zu ihrem Gesicht zurückkehrten.

„Weißt du, ich konnte dich in diesem Kleid fast nicht aus dem Herrenhaus lassen", sagte Gabriel, dessen Lippen belustigt zuckten. „Es ist die Definition von purer Sünde."

Sein Akzent schien stärker durchzudringen, wenn er flirtete, und Cassie konnte sich nur ausmalen, welche Auswirkung er damit auf unwissende Frauen in Bars wie dieser hatte. Zum Teufel, diese Miene, dieser Akzent, wie seine Anzugjacke seine große, muskulöse Statur betonte…

Ja, das ließ auch Cassie nicht kalt, wenn ihre stets feuchten Slips irgendein Hinweis waren. Sie befeuchtete ihre Lippen und spürte, dass ihr Gesicht heiß wurde, während sie zu Gabriel hochstarrte. Tief einatmend versuchte sie, sich an ihre Mission zu erinnern.

„Wir sollten, ähm… nach Asangel suchen. Sobald wir diesen Drink bekommen, meine ich", erklärte sie und riss ihren Blick von Gabriel los.

„Wir sind heute wohl ganz geschäftsmäßig, was?", fragte er, aber ließ das Thema fallen. Gabriel gelang es, die

Aufmerksamkeit der hübschen Barkeeperin auf sich zu lenken und innerhalb kürzester Zeit reichte er Cassie ihren Drink. Der Cocktail wurde in zierlichen Goldbechern serviert, war bis zum Rand mit zerstoßenem Eis gefüllt und mit frischen Erdbeeren und Minze garniert.

Cassie nippte daran und nickte begeistert, vor allem da der Drink sowohl erfrischend als auch stark war. Nicht zu mädchenhaft, trotz der aufwendigen Fruchtdekoration. Sie bemerkte, dass Gabriel sich für ein Glas Port entschieden hatte und war froh darüber, dass er ihr das Gleiche erspart hatte.

„Woher wusstest du, was du mir bestellen sollst?", fragte sie neugierig.

Ein Grinsen erstrahlte auf Gabriels Gesicht und seine Augen funkelten. Cassies Lungen setzten bei seiner Schönheit einen Augenblick aus und sie realisierte, dass dies das erste Mal war, dass sie ihn breit lächeln gesehen hatte.

„Tatsächlich habe ich die Barkeeperin einfach gefragt, was das Orakel normalerweise trinkt", gestand er und sah sehr zufrieden mit sich aus. „Ich hielt dich nicht für ein Port-Mädchen."

„Da hast du richtig vermutet", sagte Cassie und nippte an ihrem Drink.

Sie kehrte der Bar den Rücken zu und ließ ihren Blick durch den Raum schweifen. Dann hatte sie eine Idee. Sich auf die Zehenspitzen stellend versuchte sie, sich so nah an Gabriel zu schieben, dass sie von niemand anderem überhört werden konnte.

„Bestell uns noch einen Drink", flüsterte sie ihm zu.

„Jetzt schon?", fragte er mit zuckenden Lippen.

„Wenn du die Drinks bestellst, bitte die Barkeeperin darum, Asangel ein Glas Blutwein zu schicken. Wenn du dich ganz gelassen gibst, erleichtert sie uns unsere Aufgabe vielleicht", erklärte Cassie.

Gabriel, der beeindruckt wirkte, nickte und drehte sich

um, um ihrem Wunsch nachzukommen. Cassie tat so, als würde sie sich auf ihren Drink konzentrieren, während die blonde Barkeeperin Blutwein in einen goldenen Kelch goss und ihn einer umwerfenden brünetten Kellnerin reichte. Gabriel nippte an seinem Port und drückte Cassie einen neuen Cocktail in die freie Hand, während er sie in ein Gespräch über die Inneneinrichtung der Bar verwickelte. Gabriel wandte sich von der Tanzfläche ab, um lässiger zu wirken, aber sein Geplänkel konnte Cassie nicht eine heiße Sekunde täuschen.

Cassie nickte und beobachtete die Kellnerin über den Rand ihres Bechers. Als die Kellnerin den Kelch mit einem flirtenden Zwinkern übergab, konnte Cassie einfach nicht anders, als den Empfänger anzustarren.

„Hat es funktioniert? Hast du ihn gesehen?", fragte Gabriel.

„Ähhh… ja", erwiderte Cassie und schluckte schwer. Ciprian Asangel war ein zwei Meter großer, schlanker, charmanter Mann. Er mochte zwar ein Vampir sein, aber seine dunkelblonden Haare, intensiv blauen Augen und strahlendes Grinsen waren unleugbar attraktiv. Er trug einen metallicblauen Anzug, der maßgeschneidert wirkte, und eine Schar Frauen umkreiste ihn beinahe wie eine Art Accessoire, ein Echo seiner Attraktivität.

Gabriel streckte eine Hand aus und schob einen Arm um Cassies Taille, zog sie näher zu sich und drückte ihr einen Kuss auf den Scheitel. Er drehte sie in einem geschickten Manöver, aber sein Grinsen verblasste, als er Asangel entdeckte.

„Hatte nicht erwartet, dass er so verdammt… *so* ist", murrte Gabriel. „Tatsächlich habe ich irgendwie gehofft, dass er auf Männer steht. Das hätte ein Gespräch mit ihm um einiges vereinfacht."

Cassie rieb die Lippen aufeinander, weil sie wusste, dass Gabriel ihre nächsten Worte nicht gefallen würden.

„Ich denke, wir wissen beide, dass ich diejenige sein muss, die mit ihm redet", sagte sie. „Du kannst dir deinen Atem sparen. Du weißt, dass ich recht habe."

Gabriels Augen verengten sich verärgert, aber Cassie konnte sehen, dass sie diese Runde gewonnen hatte.

„Drei Minuten", sagte er. „Und er sollte dich besser nicht anfassen, nicht wenn er an seinen Händen hängt."

„Mach mal halblang", seufzte Cassie. „Erstens, bin ich noch nicht einmal deine Gefährtin –"

Gabriel unterbrach sie mit einem Knurren, umfing ihren Kiefer und gab ihr einen schnellen, harten Kuss. Der kurze Kontakt jagte ihr einen Schauer über die Wirbelsäule, doch Cassie wich trotzdem zurück.

„Du machst die Dinge nicht gerade besser", rügte sie ihn.

„Das hatte ich auch nicht vor", konterte Gabriel.

„Dir steht es nicht zu, hier einfach dein Revier zu markieren, Kumpel", erklärte Cassie und machte einen Schritt rückwärts. „Jetzt werde ich zu diesem sexy Vampir gehen und mich mit ihm unterhalten und du wirst genau hier bleiben und versuchen, den Slip der Barkeeperin nicht zu ruinieren. Kapiert?"

Noch ehe Gabriel ein weiteres Wort sagen konnte, ließ Cassie ihn stehen und schritt über die Tanzfläche, wobei sie sich zwischen den Körpern durchschlängelte, die sich dort drängten. Cassie zog Asangels Aufmerksamkeit sofort auf sich und nur unter größter Anstrengung konnte sie verhindern, dass sie errötete, als der gut aussehende Vampir seine eisblauen Augen ihren Körper hoch und runter gleiten ließ. Seine Anerkennung wirkte so ehrlich wie sie unverblümt war und als sich Cassies Augen mit Asangels kreuzten, ertappte sie sich dabei, wie sie sich wegen des neugierigen Hungers, den sie in ihnen vorfand, geschmeichelt fühlte.

Cassie spielte ihre Trümpfe geschickt aus, indem sie ihre Hüften lasziv schwang, während sie zu dem Vampir schlenderte und ein wissendes Lächeln ihre Lippen umspielte. Ihr selbstbewusstes Auftreten schien seine Wirkung nicht verfehlt zu haben, denn zwei von Asangels Bewunderinnen wichen zurück, als sich Cassie näherte, und machten ihr Platz, sodass sie weniger als einen Schritt entfernt von ihm stehen bleiben konnte.

„Schmeckt der Drink?", erkundigte sie sich, legte eine Hand auf ihre Hüfte und bedachte ihn ebenfalls mit einem anerkennenden Blick.

Asangels Augenbrauen hoben sich leicht an, während ein Lächeln an seinen Mundwinkeln zupfte.

„Sehr sogar", antwortete er mit einem starken osteuropäischen Akzent. „Diese Mischung ist mir mitunter am liebsten, vielen Dank."

Cassie schenkte ihm ein anzügliches Lächeln und streckte dann ihre Hand aus, während sie sich vorstellte.

„Cassandra", sagte sie.

„Ich weiß, wer du bist, Orakel", entgegnete er und sein Lächeln dehnte sich aus, als er ihre Hand ergriff und seinen Daumen auf ihr behandschuhtes Handgelenk drückte, um über ihren Pulspunkt zu streicheln. „Ich bin Ciprian."

„Ich weiß ebenfalls, wer du bist", bluffte Cassie und erwiderte sein Lächeln mit einem gezwungenen Grinsen. Das Orakel regte sich in ihr und zeigte ihr ein kurzes Bild eines sanfteren, freundlicher aussehenden Ciprians, der seinen Hals einer umwerfenden Brünetten mit dunkler Hautfärbung anbot. Die Frau in der Vision zog eine Braue hoch und entblößte ihre Fangzähne. Dann versenkte sie ihre Zähne in Ciprians Hals, was sie beide ekstatisch aufstöhnen ließ.

Cassie sog scharf die Luft ein, während sie die Vision wegblinzelte. Sie konnte es nicht mit Sicherheit wissen, aber sie vermutete, dass sie gerade Ciprians Wandlung von einem Menschen zu einem Vampir gesehen hatte. Ciprian zuckte nicht einmal mit der Wimper, aber Cassie bemerkte jetzt das unverkennbare Aufblitzen seiner Fangzähne in seinem Lächeln.

„Ladies, holt euch einen Drink. Ich denke, das Orakel – Cassandra meine ich, ich denke, sie verdient etwas Privatsphäre", sagte Ciprian und scheuchte seine Schar Bewunderinnen davon.

Sie trollten sich, wobei sie Cassie mit bösen Blicken durchbohrten, und Ciprian führte sie um die Tanzfläche herum zu seiner scheinbar privaten Sitznische. Ciprian bedeutete ihr, sich auf die eine Seite der ledernen Sitznische zu setzen, die von einem hohen Sichtschutz umgeben war. Er wartete, bis sie um den Tisch ans andere Ende der Sitzbank gerutscht war, bevor er sich von der anderen Seite zu ihr schob.

Als Ciprian sich neben sie setzte, war er Cassie so nah, dass sein Knie ihres streifte. Sie nahm all ihre Selbstbeherrschung zusammen, bewahrte eine ausdruckslose Miene und gab ihm nicht mehr als einen erwartungsvollen Blick. Sie wollte verdammt sein, wenn sie sich von irgendeinem fremden Vampir aus dem Konzept bringen lassen würde, insbesondere wenn er lediglich ihr Temperament testete.

„Du möchtest etwas, Orakel. Ich kann es riechen", stellte Ciprian fest, wobei er sich zu ihr beugte, um ihren Duft einzuatmen.

„Jeder möchte etwas", entgegnete Cassie, verknotete ihre Finger im Schoß und drückte sie, bis ihre Knöchel weiß hervortraten.

„Mmm", murmelte Ciprian, streckte seine Hand aus, strich eine von Cassies Haarlocken an ihrer Schläfe nach hinten und steckte sie mit einer zärtlichen Geste hinter ihr Ohr. Mit der Rückseite zweier Finger streifte er ihren Hals, weshalb sie einen Satz machte. „Ich schätze, das tun sie. Verrate mir, Orakel, was würde passieren, wenn ich von dir kosten würde? Glaubst du, ich würde dann einen Blick auf meine Zukunft erhaschen können?"

Cassie reagierte aus einem Reflex heraus und hob ihre Hand, um seine wegzuschlagen. Dafür kassierte sie einen finsteren Blick von Ciprian, der dennoch einige Zentimeter zurückwich.

„Du solltest dich besser zu benehmen lernen, kleine Seherin", informierte er sie.

„Schau zur Bar", sagte Cassie getrieben von blinder Hoffnung. „Die drei großen, grüblerischen Kerle, die uns anstarren. Ich nehme an, du weißt, wer sie sind."

Ciprians Lächeln verblasste leicht.

„Ich hatte mich über das Interesse der Wächter gewundert", sagte er mit einem Seufzen. „Ganz zu schweigen von der Tatsache, dass du nach Bär stinkst."

Cassie hob zu einer Protestrede an, schüttelte dann aber nur den Kopf. Es war besser, nicht auf seine Sticheleien einzugehen.

„Ich möchte wissen, wo Pere Mal seine Hexen jetzt aufbewahrt", sagte Cassie, um direkt auf den Punkt zu kommen.

Ciprians Augenbrauen schnellten in die Höhe und er lachte bellend.

„Möchtest du das? Wie heißt der Spruch nochmal? Ich glaube, es war etwas wie, *die Leute in der Hölle wollen Eiswasser*", erzählte er ihr mit einem belustigten Lächeln. „Du bist eine Närrin, wenn du denkst, dass ich dir umsonst Informationen geben werde."

Cassie kniff die Augen leicht zusammen, aber sie wusste, dass Ciprian recht hatte.

„Ein Handel also", schlug sie vor.

Ciprian bedachte sie mit einem weiteren teuflischen Grinsen.

„Eine Geschmacksprobe des Orakels?", fragte er und wackelte mit den Augenbrauen.

Cassie schnaubte.

„Keine Chance", sagte sie. „Ich dachte eher an etwas

wie eine Prophezeiung. Eine einzelne Prophezeiung, etwas, das ich ohne ein Blutopfer erfragen kann."

Zu ihrer Überraschung wurde Ciprian schnell wieder ernst. Er warf ihr einen nachdenklichen Blick zu und nickte dann langsam.

„Ich suche auch nach jemandem", erklärte er in vertraulichem Tonfall. Er nahm ihr Handgelenk, zog sie nah zu sich und flüsterte ihr ins Ohr: „*Kieran der Graue*".

Beim Klang des Namens breitete sich ein unheilvolles Prickeln auf Cassies Haut aus. Sie entzog ihr Handgelenk Ciprians Griff und funkelte ihn finster an. Sie wusste nicht warum, aber als sie ihre Augen schloss und sich auf den fremden Namen konzentrierte, fühlte sie sich unwohl, angespannt.

Sie sah ein Paar grüner und goldener Augen. Eine Gestalt gehüllt in Schatten und Nebel… Eine belebte Straße in der Nacht gefüllt mit Feierlustigen und einer Brassband…

Ihre Augen flogen auf und sie keuchte.

„Er ist in der Stadt!", verkündete sie.

„Weißt du wo?", fragte Ciprian und leckte sich über die Lippen, während er sich vorbeugte.

„Gib mir zuerst eine Adresse", verlangte Cassie kopfschüttelnd.

„Er hat einige Grundstücke", sagte Ciprian und hielt eine Hand hoch, als Cassie Anstalten machte, sich zu beschweren. „Schau, ich weiß nicht, in welchem er die Mädchen gefangen hält. Aber wenn ich raten müsste, würde ich sagen, dass er sie zu irgendeinem schwer gesicherten Ort gebracht hat. Ich kann dir nicht sagen, welcher das ist, aber ich kann dir eine Lister seiner wertvolleren Häuser geben. Ich werde eines der Mädchen die Adressen aufschreiben und sie dem gut aussehenden blonden Wächter bringen lassen, der dort drüben in der Ecke herumlungert."

Ciprian nickte und lenkte Cassies Aufmerksamkeit auf

Aeric, der sie tatsächlich von einer Ecke des Raumes mit stählerner Miene beobachtete.

„Na gut", stimmte Cassie zu und drehte sich wieder zu dem Vampir. „Dein Mann ist in diesem Moment in der Frenchmen Street und beobachtet die Leute."

„Jagt, trifft es wohl eher", sagte Ciprian. Er schenkte Cassie noch ein schauriges Lächeln und schockierte sie dann, indem er sich nach vorne beugte und seine Lippen auf ihre presste.

„Mmf!", protestierte Cassie an seinen Lippen.

„Betrachte das als einen persönlichen Gefallen", erklärte Ciprian, als er sich von ihr löste und ihr zuzwinkerte.

Cassie öffnete den Mund, um zu protestieren, aber nur eine halbe Sekunde später wurde sie grob von der Bank gerissen. Bevor sie richtig verstand, was los war, hielt Ciprian bereits auf den Ausgang zu und sie lag in Gabriels Armen.

„Geht es dir gut?", verlangte Gabriel zu wissen, brachte sie zur gegenüberliegenden Seite der Bar und setzte sich mit ihr in eine nur schwach beleuchtete Ecke. „Hat er dir wehgetan?"

„Mir geht's gut", beteuerte Cassie und starrte zu Gabriel hoch, als dieser sie mit seinen Armen an der Wand einkeilte. „Gabriel, mir geht's gut. Ich verspreche es."

„Gut", erwiderte er.

Und ehe sich Cassie versah, vereinnahmte Gabriels Kuss all ihre Gedanken.

6

In dem Moment, in dem seine Lippen Cassies berührten, wusste Gabriel, dass er verloren war. Sie wirkte so klein und zerbrechlich, während er sich mit seinem großen Körper an sie drängte und näherte, bis seine Hüften und Brust ihre an der Wand fixierten. Gabriel umfing ihren Kiefer mit einer Hand und nutzte seinen Daumen, um ihr Kinn anzuheben, was ihm besseren Zugang zu ihrem süßen Mund verschaffte.

Cassies Lippen öffneten sich unter Gabriels Zunge und Zähnen, ihre Zunge begegnete seiner mit schüchternen Bewegungen. Unter seiner Berührung erwachte sie zum Leben, wand ihre Arme um seinen Hals und vergrub ihre Finger in seinem dichten, kinnlagen Haar. Gabriels Bär brummte vor Zufriedenheit.

Sein Bär, der normalerweise nur den Part des stillen Partners in ihrer geteilten Existenz übernahm, war bemerkenswert vokal in seiner Bewunderung von Cassie. Sein Bär liebte ihren Duft, Vanille und etwas Würziges, der sich über den Moschusduft ihrer Erregung legte. Sein Bär liebte ihren Körper, kurvig und kräftig, und die auffälligen Kleider, mit denen sie diese Kurven kleidete. Am meisten liebte sein Bär jedoch ihre feuerroten Locken. Gabriel und sein Bär hegten beide den überwältigenden Wunsch, herauszufinden, wie diese Locken auf Gabriels Kissen ausgebreitet aussehen würden, während er sie vor Ekstase zum Schreien brachte.

Er verschlang sie mit Zähnen und Lippen, während seine freie Hand von ihrer Taille nach oben glitt, um eine ihrer üppigen Brüste zu wiegen. Seine Finger fanden ihren Nippel durch das dünne Material ihres goldenen Kleides und entlockten Cassies Lippen ein überraschtes Keuchen, als sie die aufgerichtete Spitze zwickten.

Er beobachtete ihr Gesicht aufmerksam, um einschätzen zu können, was ihr gefiel und wie viel mehr sie ertragen konnte. Sein Schwanz wurde hart, als bei seiner spielerisch groben Berührung Verlangen in ihren Augen aufblitzte. Wenn ihr das gefiel, passten sie tatsächlich gut zusammen.

Die Gedanken an eine Paarung und ob sie zusammenpassten beiseiteschiebend, entschied sich Gabriel dafür herauszufinden, wie weit ihn Cassie gehen lassen würde. Wenn sie einen gewissen Pepp mochte, würde Gabriel sein Bestes geben, um sie zu begeistern.

Die Musik umgab sie dröhnend, der Raum wurde dunkler, während sich die Tänzer zum pulsierenden Beat bewegten. Gabriel neigte Cassies Kopf noch weiter nach hinten und knabberte einen Pfad von ihrer Schulter bis hoch zu ihrem Kiefer. Anschließend saugte er an ihrem Ohrläppchen, bis sie stöhnte und ihr Busen verführerisch bebte. Er ließ seine Hände über ihre Brüste gleiten, schob seine Finger in den tiefen Ausschnitt ihres Kleides und neckte die nackten Rundungen, die er dort fand.

Cassies Hände wanderten über seinen Körper, wobei ihre Nägel durch seine Smokingjacke über seinen Rücken kratzten. Sie zog sein Hemd aus seiner Anzughose und schob ihre Hände darunter, sodass sie nun seinen Bauch, Flanken und Rücken mit kühnen Bewegungen erforschte.

Eine ihrer Hände glitt nach unten, um seine Erektion durch seine Hose zu umfassen, und Interesse blitzte in ihren Augen auf, als sie seine Größe und Länge entdeckte.

Ihre zögerliche Erkundung; wie sie mit ihrer Zunge über ihre Unterlippe fuhr, während sie seine Härte ertastete; die intensive Röte auf ihren Wangen und Brust… Gabriel badete in ihrer Erregung, küsste sie und streichelte mit den Händen ihre Schenkel hoch und runter. Seine Fingernägel über den metallischen Stoff ziehend, sammelte er einen Teil in jeder Hand und schob die Vorderseite des Kleides gemächlich höher und höher und höher, bis seine Hände auf ihre glatte, nackte Haut stießen.

Cassie machte ein leises Geräusch. Gabriel war sich allerdings nicht sicher, ob vor Erregung oder Unsicherheit oder beidem.

„Schhh", raunte er, als er den Kuss unterbrach und seine Stirn an ihre lehnte.

Cassie versteifte sich minimal, als er sie intim umfasste und seine Finger krümmte, um durch den Stoff ihres Höschens ihr Geschlecht zu streicheln.

„Gabriel!", flüsterte sie und starrte atemlos zu ihm hoch. „Hier sind *Leute*!"

„Sind sie das?", fragte Gabriel, der mit seinen Fingerspitzen höher wanderte, bis er an dem Gummibund ihres Höschens zupfte. „Ich fürchte, ich habe nur Augen für eine Person."

„Aber sie können uns sehen! Sie können mich sehen", wandte Cassie ein und biss auf ihre Lippe.

„Ich bezweifle, dass ich der einzige Gestaltwandler in diesem Raum bin, der seine Gefährtin befummelt", sagte Gabriel und zog neckend eine Braue hoch.

Cassies Mund verzog sich zu einer grimmigen Linie.

„Ich bin nicht deine Gefährtin", widersprach sie, nicht im Entferntesten belustigt.

„Cass…" Gabriel hielt inne und gab ihr einen leidenschaftlichen, besitzergreifenden Kuss. Seine Finger zeichneten unterdessen einen Pfad hinab zu ihrem Höschen und erkundeten die Stelle, an der der Stoff an ihrer feuchten Scham klebte. Cassie seufzte an seinen Lippen und wiegte ihre Hüften. Gabriel schob den Stoff zur Seite, um ihre heißen, feuchten unteren Lippen zu berühren, und stöhnte in den Kuss, als er sie zum ersten Mal fühlte. Er positionierte seinen Körper so, dass er jeglichen Zuschauern die Sicht versperrte, weil er nicht wollte, dass irgendetwas diesen perfekten Moment verdarb.

Er spürte, dass ihr Widerstand bröckelte, als er eine einzelne Fingerspitze suchend nach oben gleiten ließ. Er rieb in einem trägen Kreis über ihre Perle und Cassie unterbrach den Kuss und warf den Kopf nach hinten, wobei sie ihn gegen die Wand donnerte. Sie zuckte nicht einmal zusammen. Sie gab nur ein heiseres Keuchen von sich und eine Reihe leiser, sexy *Mmmhs*, die Gabriel absolut wahnsinnig machten.

Da Cassie allein aufgrund einer federleichten Berührung auf seine Finger tropfte, wusste Gabriel, dass er mehr nehmen, ihr mehr geben musste. Er zeichnete mit seiner Zunge die empfindsamen Kurven ihres Ohrs nach und knabberte fest an ihrem Ohrläppchen, während er einen dicken Finger in ihre unmöglich enge Scheide schob. Sie bog den Rücken durch, als ihr Körper seine Invasion akzeptierte, und dieses Mal schrie sie. Ihre Hände hoben sich, um ihre Brüste durch ihr Kleid zu umfassen, und Gabriel wünschte sich, dass dieses verdammte Kleid nicht so edel wäre, denn er wollte nichts lieber tun, als es ihr vom Leib zu reißen und jede ihrer Brüste mit seinem Mund zu verwöhnen.

„Fuck, ich will dich so sehr, Cass", raunte Gabriel ihr ins Ohr.

„Nimm mich", seufzte sie. „Es ist mir egal, ich schwöre es."

Für den kürzesten Moment zog es Gabriel in Erwägung. Seinen Hosenschlitz zu öffnen und Cassie direkt hier an der Wand zu vögeln, war eine der schärfsten Vorstellungen, die ihm einfielen. Sie ließ sein bestes Stück vor Begierde pulsieren. Aber Cassie würde eines Tages seine Gefährtin werden und er konnte nicht zulassen, dass ihr erstes Mal vor Publikum stattfand. Es war ein verlockender Gedanke, aber es war nicht das Richtige.

Stattdessen schob er einen zweiten Finger tief in ihren Kanal und drehte seine Hand nach oben, sodass er mit seinem Daumen ihren Kitzler massieren konnte. Er krümmte und pumpte seine Finger rein und raus, streichelte ihre inneren Wände, bis ihre Erregung seine Handfläche überzog. Cassie keuchte und drückte sich seiner Berührung entgegen.

„Du wirst für mich kommen, Cass", verkündete Gabriel, der weiterhin ihre Klitoris und Eingang stimulierte in dem Wissen, dass sie nur Sekunden von ihrer Erlösung entfernt war. „Nicht wahr, Darling? Ich weiß, du bist kurz davor…"

Gabriel senkte seinen Kopf und biss sie kräftig in ihre Halsbeuge. Cassie erschauderte und schrie auf, als sich ihre innersten Muskeln verkrampften. Dann explodierte sie und kontrahierte fest um seine Finger.

„Grundgütiger, Gabriel", flüsterte sie, als er sachte seine Finger zurückzog und ihr Höschen wieder in Position brachte, bevor er den Saum ihres Kleides hinab zu ihren Füßen fallen ließ.

Er schlang seine Arme um Cassies Taille und behielt sie noch einige Momente in ihrer privaten Blase. Cassie suchte seine Lippen, um sie mit einem sanften Kuss zu verschließen, und ließ dann ihren Kopf auf seine Brust sinken. Gabriel vergrub seine Nase in ihren leuchtend roten Haaren, aber wich dem zarten, goldenen Kopfschmuck aus, der auf ihren Locken thronte. Er atmete mehrmals ihren berauschenden Duft tief ein, während ihm der leise

Verdacht kam, dass es ihm gerade gelungen war, die Lage zwischen ihnen drastisch zu verändern.

Der Drang, sie für sich zu beanspruchen, wuchs mit jedem Augenblick. Das Verlangen war noch stärker geworden, seit er sie berührt und beobachtet hatte, wie sie geschrien und auf seiner Hand gekommen war. Wegen ihm. Seine Gefährtin.

„Gabriel?" Cassies Lippen bewegten sich an seiner Brust und ihre Stimme war so leise, dass er sie über die laute Musik kaum hören konnte.

„Ja, Darling?" Das Wort entschlüpfte seinen Lippen zum zweiten Mal innerhalb weniger Minuten und Gabriel ertappte sich dabei, wie er eine Grimasse schnitt.

„Bringst du mich nach Hause? Zum Herrenhaus, meine ich?", fragte sie und kippte ihren Kopf zur Seite, sodass Gabriel ihr Gesicht sehen konnte. Es wirkte jetzt anders als zuvor. Müde, aber noch mehr als das… verletzlich.

Ein winziger Teil in Gabriel schrie, dass er fliehen und weglaufen sollte, bevor er es fertigbrachte, alles in den Sand zu setzen, bevor er so ein perfektes Wesen verletzen konnte. Aber der größere Teil von ihm, der egoistische, hungrige, einsame Teil, schenkte ihr nur ein sprödes Lächeln und ein Nicken.

„Natürlich", sagte er und hob sie in seine Arme.

Cassie klammerte sich an ihn, während er sie aus dem Club trug und nicht einmal anhielt, um seine Wächterkollegen zu finden, bevor er ihren Wagen heranwinkte. Als er schließlich auf den Rücksitz des SUVs rutschte, schlief Cassie tief und fest in seinen Armen, ein Lächeln auf den Lippen.

Er war stärker hin und hergerissen denn je. Selbst während des tiefsten Tiefpunktes seines Lebens, als er eben jenes Mere Marie verschrieben hatte im Austausch für das Leben seiner Schwester, hatte er gewusst, was er tun musste. Er war derjenige gewesen, der seine Schwester getötet hatte, weil er mit Magie gespielt hatte, die er nicht hatte kontrollieren können. Er hätte alles gegeben, um Caroline zu retten, und er hatte in höchstem Maße für seine Dummheit bezahlt. Sein altes Leben war Geschichte und jetzt...

Jetzt war er kein freier Mann. Er war vor allen Dingen ein Wächter. Sich für Cassie zu entscheiden oder sie aufzugeben, sollte doch recht einfach sein, eine wohlüberlegte Entscheidung, getroffen, nachdem er seine vergangenen Fehler und seine Loyalität Mere Marie gegenüber eingerechnet hatte.

Er hätte Cassie niemals berühren sollen, Gefährtenband hin oder her.

Aber dann betrachtete er sie und etwas in ihm weigerte sich, sie von sich zu stoßen. Im Verlauf weniger Tage hatte er angefangen, sein Selbstgefühl, sein Gefühl für alles zu verlieren mit Ausnahme seines Bären, der sich nach seiner Gefährtin verzehrte. Er wollte sie, alles von ihr, aber er hatte bereits einmal bewiesen, dass man ihn nicht mit der Obhut einer Frau betrauen konnte, ganz egal, wie tief er für sie empfand.

Gabriel war gestorben, wie es schien. Das war die einzige Erklärung für den Fakt, dass ihm eine Gefährtin geschenkt worden war, was an sich schon eine Seltenheit war. Aber *diese* Gefährtin, diese zarte Schönheit, die ausreichte, um ihn zu jeder Sünde zu verführen – der Tod war die einzige Erklärung für die merkwürdige Wende der Ereignisse. Das einzige Problem bestand darin, dass er, falls er tatsächlich gestorben war, noch nicht wusste, ob er im Himmel oder der Hölle gelandet war.

Während er auf die schlafende Frau in seinen Armen hinabsah, konnte Gabriel zu keiner Entscheidung gelangen.

· · ·

„*S*ieh an, wer endlich wach ist!" Echos neckende Rüge war das Erste, das Gabriel hörte, als er eineinhalb Tage später in den Gemeinschaftsraum lief.

Nach seinem kleinen Tête-à-Tête mit Cassie im Club hatte Gabriel sie letztendlich in das Bett im Gästezimmer auf seinem Stockwerk des Herrenhauses gelegt. Als Gabriel in sein eigenes Schlafzimmer zurückgekehrt war, hatte er es nur geschafft, seine Fliege abzulegen, bevor Aeric ihm eine SMS geschickt und zu einem Kith-Notfall gerufen hatte. Alle Mann an Bord, in Wächter Sicht natürlich.

Gabriel, Aeric und Rhys hatten alle Hände voll zu tun gehabt. Sie hatten sich um einen Vampirangriff kümmern müssen sowie eine Meldung verdächtiger Aktivitäten am St. Louis Friedhof, die sich nur als eine Gruppe Kinder herausgestellt hatte, die herumgealbert hatten. Anschließend hatten sie sehr viel Zeit damit verbracht, einen außer Kontrolle geratenen Werwolf, der in der Nähe einer Grundschule sein Unwesen getrieben hatte, zu verfolgen und in Schach zu halten. Hinzu kam, dass Gabriel nur wenige Stunden Schlaf bekommen hatte, bevor er seine Patrouille hatte antreten müssen. Nachdem er also in der Morgendämmerung in sein Bett gekrochen war, hatte er sehr viel länger geschlafen als üblich.

Gabriel blickte auf seine Armbanduhr.

„Was, es ist erst… zwei Uhr nachmittags", informierte er Echo, während er zur Küche lief.

Bei dem Anblick, der sich ihm bot, blieb er fast wie angewurzelt stehen. Echo und Aeric saßen auf Barhockern an der Kücheninsel und beobachteten eifrig Rhys und Cassie, die beide blaue Schürzen mit weißen Punkten trugen. Die Schürze sah an Cassie passend aus, geradezu niedlich, aber Rhys ließ die Schürze so winzig wirken, dass es unbeschreiblich witzig aussah. Aufgrund von Echos Miene tippte Gabriel darauf, dass Echo ihren Gefährten in die Schürze gezwungen hatte, und jetzt ihr Werk bewunderte.

Cassie und Rhys standen über den Herd gebeugt, der zur Kücheninsel zeigte, und rührten beide jeweils in einem riesigen, wohlriechenden Topf voll brauner Flüssigkeit. Duverjay drückte sich direkt hinter ihnen herum und beobachtete sie nervös. Ob er Angst vor der Sauerei hatte oder befürchtete, dass ihm jemand den Ruf des besten Koches des Herrenhauses streitig machen könnte, wusste Gabriel nicht, aber der Butler wirkte völlig gestresst.

„Was in aller Welt macht ihr alle hier?", fragte Gabriel, lief zu ihnen und setzte sich auf einen leeren Stuhl an der Kücheninsel.

„Deine Lady bringt uns bei, wie man Gumbo macht", erklärte Rhys. Gabriel unterdrückte ein Grinsen bei der schottischen Aussprache des kreolischen Wortes, was es ganz und gar fremd klingen ließ.

Cassie begegnete Gabriels Blick und schenkte ihm ein kurzes Lächeln, ehe sie wieder in ihren Topf schaute.

„Quirlen!", schalt sie Rhys. „Lass deine Mehlschwitze nicht anbrennen."

„Echo, willst du gar nicht mitmischen?", erkundigte sich Gabriel. „Du bist eine Einheimische. Wird nicht jeder aus New Orleans mit dem Wissen um all die kreolischen Klassiker geboren?"

Rhys ließ ein schnaubendes Lachen ertönen, das er als Husten zu tarnen versuchte – und darin versagte. Echo streckte ihm die Zunge raus, bevor sie antwortete.

„So wie es aussieht, ist an mir keine große Köchin verloren gegangen."

„Letzte Woche hat sie die Suppe anbrennen lassen", informierte Duverjay alle, wofür er sich ebenfalls einen bösen Blick von Echo einfing. „Dosensuppe."

„Suppen auf Sahnebasis erfordern ein hohes Maß an Aufmerksamkeit und ich wurde von einem gewissen *jemand* abgelenkt", protestierte Echo und warf Rhys einen empörten Blick zu. „Es war nicht meine Schuld."

Aeric gab einen amüsierten Laut von sich, was sein übliches Interaktionslevel in sozialen Situationen war. Gabriel widmete dem blonden Wächter kurz seine Aufmerksamkeit und fragte sich, wann er so eigenbrötlerisch geworden war. Cassie zog jedoch fast augenblicklich seine Aufmerksamkeit auf sich.

„Okay, okay!", schrie sie und stieß Rhys den Ellbogen in die Rippen. „Rühr schneller um! Duverjay, bring das Gemüse. Es ist an der Zeit für die Heilige Dreifaltigkeit."

„Wie bitte?", fragte Gabriel und beugte sich nach vorne, um den Inhalt von Cassies Topf zu inspizieren. „Wirst du für die Suppe beten?"

„Erstens ist Gumbo keine Suppe", belehrte ihn Cassie, während sie wie verrückt den Schneebesen schwang. Sie hielt inne, damit Duverjay ein halbes Brett gewürfeltes Gemüse in den Topf schütten konnte. „Duverjay, wir werden jetzt Holzlöffel brauchen. Und Gabriel, die Heilige Dreifaltigkeit sind Zwiebeln, Paprika und Sellerie. Das ist die Grundlage für jedes kreolische Rezept."

„Kein Knoblauch?", erkundigte sich Echo, die beobachtete, wie Rhys eine ähnliche Gemüseladung von Duverjay entgegennahm. Der Butler reichte Cassie und Rhys jeweils einen Löffel.

„Umrühren, aber langsam", wies Cassie an und zeigte Rhys, wie man es richtig machte. Sie sah mit einem sanften Lächeln zu Echo hoch. „Knoblauch darf nicht zu früh hinzugefügt werden, sonst ist der Geschmack zu dominant. Wir werden das hier zwei Stunden kochen lassen, genau wie es meine Oma früher –"

Cassie unterbrach und räusperte sich und beendete ihren Satz abrupt. Schweigen hing einige lange Momente schwer im Raum, bis Echo es durchbrach.

„Wenigstens kannst du kochen!", sagte Echo, ihre

Stimme eine Spur zu fröhlich. „Ich bin gerade schwer beeindruckt von dir."

„Es riecht gut", fügte Aeric hinzu.

Gabriel musste zustimmen. Er hatte seit seiner Ankunft nur einmal Gumbo gegessen, aber das war nicht annähernd so gut gewesen wie Cassies unfertiger Eintopf roch.

„Zwei Stunden, bis es fertig ist, hm?", sagte er enttäuscht.

„Ich glaube, Duverjay hat etwas Charcuterie für uns vorbereitet", erzählte Echo Gabriel. Alle starrten sie verwirrt an und sie erklärte: „Fleisch und Käse und Kräcker und so was. Oliven und Schinken und Trauben und so… Schaut, ich weiß es nicht, ich habe es nicht so genannt!"

„Ich denke, wir können jetzt noch ein wenig Hühnerbrühe hinzugeben und alles einkochen lassen", verkündete Cassie. „Meine Arme werden sowieso müde. Ich sollte jeden Tag Gumbo kochen. Dann hätte ich tolle Armmuskeln."

„Wenn ihr beiden fertig seid, könnt ihr ja Duverjay das Rühren und all das überlassen. Er sieht aus, als wolle er helfen", schlug Echo vor, was ihr einen dankbaren Blick von dem schweigsamen Butler einbrachte. „Wir sollten ins Wohnzimmer übersiedeln."

Nachdem Cassie und Rhys ihre Holzlöffel Duverjay überlassen hatten, ging die Gruppe zu den Sofas im Wohnzimmer. Ein kleiner Tisch erwies sich als der perfekte Platz, um das riesige Charcuterie-Tablett und mehrere Teller abzustellen, weshalb sie sich alle darum versammelten und dementsprechende Sitzgelegenheiten wählten. Aeric sicherte sich den einzigen Sessel, während Echo und Rhys das größere Sofa beschlagnahmten und sich ohne einen Hauch von Reue aneinander kuschelten.

Nach einem Moment intensiven Augenkontakts und einer kurzen Pause fanden sich Gabriel und Cassie letzten Endes gemeinsam auf einem Zweiersofa wieder. Cassies breite Hüften und weiter Rock zusammen mit Gabriels muskulöser Statur bedeuteten, dass sie nahezu aneinander klebten. In dem Augenblick, in dem sich ihre Schenkel berührten, sog Gabriel Cassies süßen Duft tief ein und verlor völlig den Gesprächsfaden.

„Hast du den hier schon probiert?", fragte Cassie, die Gabriels Knie mit ihrem anstupste und auf ein krümeliges Käsestück auf ihrem Teller deutete.

„Nein. Sollte ich?", erkundigte sich Gabriel mit hochgezogener Augenbraue.

Cassie schnitt eine witzige, zusammengekniffene Grimasse und schüttelte den Kopf.

„Er ist *wiiiirklich* kräftig", sagte sie. „Die kandierten Pekannüsse sind allerdings gut."

„Das erinnert mich ein bisschen an London, als ich noch kleiner war", erklärte er und deutete auf einen scharfen englischen Cheddar. „Man nannte es Bauernfrühstück. Ein Stück Brot, ein Stück Käse und ein Pint Ale."

„Mir war nicht klar, dass alle so gut genährt waren", erwiderte Cassie. Sie erstarrte eine Sekunde, nachdem sie gesprochen hatte, weil ihr offensichtlich bewusst wurde, wie schrecklich sich das anhörte, doch Gabriel gluckste nur.

„Das waren wir nicht, glaub mir. Aber meine Schwester hatte eine Art an sich…"

Duverjay brachte ein Tablett mit Weingläsern und Cassie und Gabriel nahmen jeder eines entgegen. Duverjay schenkte ihnen einen trockenen Rotwein ein, aber keiner von beiden nippte sofort daran.

„Die Leute haben ihr einfach Essen gegeben?", fragte Cassie nach und wirkte überrascht.

„Ah, nein. Sie war ein Langfinger. Sie konnte fast alles stehlen, das nicht an den Boden genagelt war", erinnerte sich Gabriel mit einem Lächeln.

„Das ist toll. Ich meine, nicht toll, aber… ich bin froh, dass sie für euch beide sorgen konnte. Was hast du nochmal gesagt, wie deine Schwester hieß?", fragte Cassie.

„Caroline", antwortete Gabriel, dem der Name fast im Hals stecken blieb.

„Nun, auf Caroline", verkündete Cassie und stieß ihr Weinglas gegen Gabriels. „Sie klingt wundervoll. Familie ist… tja, ich habe noch keine eigene, aber sie ist das Wichtigste in der ganzen Welt."

„Ich habe meine Eltern in jungen Jahren verloren und Caroline war alles, was ich hatte. Sie war fantastisch, aber ich habe mir immer gewünscht…" Gabriel konnte seinen Satz nicht beenden, da er sich nicht ganz sicher war, wohin er damit gewollt hatte.

„Ich hatte auch keine Eltern im üblichen Sinne", meinte Cassie mit einem mitfühlenden Blick. „Ich dachte immer… Ich weiß nicht. Dass ich es bei meiner eigenen Familie besser machen werde, verstehst du? Das ist alles, das ich tun kann."

„Das stimmt", sagte Gabriel und rutschte auf seinem Platz herum. Mit seiner angeblich vom Schicksal vorherbestimmten Gefährtin über die Familie zu reden, die sie eines Tages haben wollte, war unangenehm, hauptsächlich weil Gabriel sich selbst so sehr nach genau dem Gleichen sehnte. Trotzdem war das zwischen ihnen noch zu neu, zu unsicher für dieses spezielle Gespräch. Eines Tages vielleicht…

Gabriel stöhnte beinahe über seine eigene Unentschlossenheit. Er wollte sie, er wollte sie nicht. Er wollte sie vögeln, dann dachte er an seine zukünftigen Kinder… Es war lächerlich. Er musste sich am Riemen reißen und aufhören, sich wie ein liebeskranker Junge zu verhalten.

Cassie war nur eine Frau, wie jede andere Frau. Vielleicht war sie hübscher, verführerischer als die meisten. Und wie sie roch… ja, Gabriel war jeden Moment des Tages hart für sie.

Aber das bedeutete doch nicht unbedingt eine lebenslange Verpflichtung, oder? Das bedeutete nicht, dass er

Cassie erlauben konnte, sich auf ihn zu verlassen, wenn er sie irgendwann doch nur im Stich lassen würde.

Die Konversation wirbelte und floss um ihn herum und er nahm sich einige Augenblicke, um alles in sich aufzusaugen. Er hatte einen hübschen Rotschopf an seiner Seite, so dicht an sich gedrückt, dass er ihre Wärme spüren konnte. Er hatte seine Wächterkollegen, die ihm den Rücken freihielten. Er hatte einen Job und ein Zuhause. Um Himmels willen, er hatte sogar einen Butler. Er sollte sich wie der glücklichste Mann auf Erden fühlen, vor allem wenn man seine bescheidenen Anfänge in Betracht zog.

Also warum fühlte er sich so mangelhaft, so unvollendet? Und warum nur lenkte allein der Gedanke, unvollständig zu sein, seine Augen direkt zu Cassie?

An seinem Wein nippend zwang sich Gabriel dazu, sich wieder am Gespräch zu beteiligen, weil er nicht gewillt war, nur noch einen Augenblick länger über dieses Thema zu grübeln. Cassie war wunderschön und unterhaltsam und nett, aber nichts weiter. Nicht für ihn.

Gabriel würde niemals eine Gefährtin nehmen, um ihretwillen genauso wie um seinetwillen.

7

„Wenn ich es doch nur… finden könnte…", murmelte Cassie vor sich hin, während sie behutsam eine zerknitterte Karte auf dem massiven Büchertisch in Gabriels Büro ausbreitete.

Im Verlauf der letzten Woche hatte sie angefangen, sich in Gabriels Gästezimmer und seinem weitläufigen Wohnbereich heimisch zu fühlen. In Letzterem befanden sich einige Tische, die sich an das Fenster drängten, ein Paar verstaubter Armsessel und eine labyrinthähnliche Sammlung an informativen Schriftstücken. Gabriel hatte fast jede verfügbare Fläche des Raumes mit Bücherregalen, die vom Boden bis zur Decke reichten, Regalen voller Karten und Schriftrollen sowie Tischen zugestellt, auf denen sich jede Art von magischen Instrumenten tummelten, die man unter den Menschen und Kith kannte. Das gigantische Fenster wurde von Verdunkelungsvorhängen verhüllt, wodurch es beinahe unmöglich war, irgendetwas zu finden. Cassie hatte über eine Stunde gebraucht, um das Dokument zu finden, das sie momentan studierte, und das nachdem sie sich tagelang mit Gabriels „Organisationssystem" vertraut gemacht hatte.

„Aha!", rief Cassie, wählte einen winzigen Punkt auf der Karte und tippte mit einer Fingerspitze darauf.

„Was hast du gefunden?"

Cassie wirbelte beim Klang von Gabriels tiefer, warmer Stimme herum. Er lehnte an einem Bücherregal und beobachtete sie. Er trug ein enges weißes T-Shirt und ein Paar tiefsitzender grauer Jogginghosen. Sein Shirt war an manchen Stellen schweißnass und klebte an jedem definierten Zentimeter von Gabriels Armen, Schultern und Oberkörper. Ein winziges Stückchen Haut war zwischen dem Saum seines Shirts und seiner Hosen entblößt und Cassie musste gegen den Drang ankämpfen, die Stelle anzustarren.

Kein Mann sollte jemals so gut aussehen oder riechen, wenn er direkt von einem Workout kam, aber Gabriel tat es. Möge er verdammt sein.

„Ohhh…", sagte sie und schindete Zeit, damit sie ihre Sinne wieder sammeln konnte und nicht wie eine Idiotin sabberte. „Ich habe nach den Toren von Guinee gesucht, dem angeblichen Portal zum Reich der Geister. Pere Mal ist besessen von den Toren und ich hatte den Gedanken… Wenn es sie wirklich gibt, hängen sie vielleicht mit einem anderen machtvollen Ort zusammen."

„Welchem beispielsweise?", erkundigte sich Gabriel und verschränkte die Arme. Der Saum seines Shirts rutschte noch ein Stückchen höher. Ein sehr auffälliges Stückchen.

Cassie nahm sich einen Moment, um ihr hellgemustertes Alice + Olivia Sommerkleid zu glätten und zog an ihren armlangen weißen Spitzenhandschuhen, während sie sich fragte, ob sie jemals wieder in der Lage sein würde, sich leger zu kleiden. Gabriel war einfach in jeder Art von Kleidung viel zu heiß und Cassie konnte den Gedanken nicht ertragen, weniger herausgeputzt zu sein als er. Natürlich bedeutete das, dass sie eine Menge Zeit damit verbrachte, sich aufzudonnern… aber andererseits richtete sie sich *gerne* her und fühlte sich feminin.

„Cass?", bohrte Gabriel nach.

„Hm? Oh, äh… Ich habe online einige unterschiedliche Karten von New Orleans aufgerufen. Verbrechenskarten, Friedhofkarten, alte Flussschiffkarten, die zeigen, wie die Stadt früher gebaut war. Hier, schau", sagte sie und griff nach einem Stapel Blätter, die sie aus dem Internet ausgedruckt hatte. Sie breitete sie aus, damit Gabriel sie betrachten konnte. „Hier auf der Verbrechenskarte habe ich markiert, wo paranormale Verbrechen am häufigsten begangen werden. Auf dieser Karte habe ich markiert, wo sich die Kith als erstes angesiedelt haben, in der Nähe des French Quarter und entlang des Flusses. Und hier auf der Friedhofkarte kannst du sehen, wo angeblich die berühmtesten Barone und Priester und Priesterinnen beerdigt sind."

„Diese Punkte sind auf jeder Karte die Gleichen", stellte Gabriel fest, dessen Brauen sich zusammenzogen, während er ihre Funde studierte.

„Ja. Also schau dir diese an", sagte sie und deutete auf die große Karte, über der sie zuvor gebrütet hatte. „Diese hier zeigt, wo sich der alte Geldadel niedergelassen hat, als New Orleans noch von Plantagen umringt war."

„Wie passt das zusammen?", wollte Gabriel wissen.

„Nun, ich habe einige Nachforschungen zu Pere Mal angestellt. Er ist besessen von seiner eigenen Geschichte und der seiner Vorfahren. Also habe ich ein wenig gegraben, einige Verkäufer auf dem Graumarkt, die ich kenne, befragt und mich nach Gerüchten umgehört, wo seine Vorfahren herkamen. Ich habe einige der älteren Plantagen mit den Orten abgeglichen, an denen er und seine Familie Gerüchten zufolge gelebt und gearbeitet haben. Dann habe ich ich das mit der Liste an Häusern verglichen, die uns Ciprian gegeben hat."

Gabriel musterte sie einen Moment und wirkte leicht überrascht.

„Was?", fragte Cassie und mimte die Beleidigte. „Ich bin nicht nur eine dumme Wahrsagerin, weißt du."

„Das habe ich keinen Augenblick gedacht", beteuerte Gabriel, dessen Lippen sich zu einem Lächeln verzogen. „Also? Zu welchem Schluss bist du gekommen?"

„Also, *schau*", sagte Cassie und deutete auf die gleiche Stelle auf fünf verschiedenen Karten. „Genau hier, dort, wo jetzt die Prytania Street ist. Pere Mals Mutter hat angeblich auf der Foucher Plantage gearbeitet. In deren Nähe gibt es einen Friedhof mit einem Haufen wichtiger Gräber, vielleicht sogar dem von Baron Samedi persönlich."

Gabriel zog eine Braue hoch.

„Baron Samedi ist derjenige, der das Rätsel über die Tore von Guinee erstellt hat. 'Sieben Nächte, sieben Monde, sieben Tore, sieben Gräber', erinnerst du dich? Du musst wirklich am Ball bleiben", seufzte Cassie. „Wie auch immer, im gleichen Umkreis von wenigen Blöcken gibt es auch einen Brennpunkt paranormaler Verbrechen, ein Haus, in dem die ersten Vampire, die nach New Orleans kamen, ihre Särge aufbewahrten, und einen verdammten Begräbnisplatz der Indianer."

„Und Pere Mals Adressen?"

Cassie drückte ihren Finger auf die Karte vor sich und strahlte vor Stolz.

„Natürlich direkt in der Mitte von alldem", krähte sie. „Er hat eine ganze Reihe Grundstücke in diesem Gebiet, aber in den öffentlichen Behördendaten steht, dass dieses eines der ältesten noch stehenden Häuser der Stadt ist. Ich denke, es ist mehr als eine Investition. Ich denke, es ist persönlich."

„Und du denkst… was, dass er den neuen Vogelkäfig an einem Ort erbaut, der ihm am Herzen liegt?", fragte Gabriel, der langsam die Puzzlestücke zusammensetzte.

„Ich denke, Ciprian sagte, dass er einen Ort auswählen würde, an dem es jede Menge Security gibt, der gut bewacht ist. Ich denke, dass er einen Ort, der ihm sehr wichtig ist, stark beschützen würde, oder? Vor allem da ihr ihn bereits aus dem ersten Gebäude verscheucht habt." Sie machte eine Pause, um Luft zu holen, und blickte nachdenklich drein. „Eigentlich hat Alice das getan. Sie ist diejenige, die den Notruf abgesetzt hat."

„Eine Freundin von dir, nehme ich an?"

„Wahrscheinlich meine einzige echte Freundin", gestand Cassie achselzuckend.

„Das ist nicht wahr. Du bist mit mir befreundet. Und Echo und Rhys", wandte Gabriel ein. „Und aus irgendeinem Grund scheint sich Cairn auch zu dir hingezogen zu fühlen. Dieser verflixte Kater mag niemanden außer dir und Mere Marie."

Cassie unterdrückte ein Kichern, als Cairn sich von der Stelle erhob, wo er auf dem Bücherregal direkt hinter Gabriel zusammengerollt geschlafen hatte. Cairn bedachte Gabriel mit einem hochmütigen Blick und streckte eine Pfote aus, wodurch er ein schwer aussehendes Buch vom obersten Regalbrett schubste. Gabriel machte einen Satz und wirbelte herum, um den Kater wütend anzustarren, der davon und außer Sicht schlich.

„Sei vorsichtig mit ihm", warnte Cassie ihn grinsend. „Er hat es faustdick hinter den Ohren."

Gabriel fluchte leise und schüttelte den Kopf.

„Nun, das ist exzellente Arbeit. Du solltest wirklich darüber nachdenken, beruflich Nachforschungen anzustellen", sagte er. „Äh, nicht dass du einen Job brauchst."

Ein unangenehmes Schweigen breitete sich zwischen ihnen aus und Cassie hätte beinahe laut aufgestöhnt.

„Danke", schnaubte sie. „Also können wir jetzt losgehen und Alice aus dem Vogelkäfig befreien?"

Gabriel runzelte einen Augenblick die Stirn.

„Ich werde mich erst mit den anderen Wächtern besprechen müssen. Wir gehen da nicht ohne einen guten Plan
rein und wir nehmen unsere…" Er stoppte und das Wort
Gefährtinnen hing in der Luft zwischen ihnen, bevor er sich
korrigierte. „Die Wächter gehen allein rein. Wir wollen
nicht gleichzeitig dich beschützen und Pere Mals Kerle
angreifen müssen."

„Da bin ich anderer Meinung! Ich kann auch meinen
Beitrag leisten. Oder zumindest das Orakel kann das. Sie
wird nicht zulassen, dass ich verletzt werde, das versichere
ich dir."

„Ich fürchte, dass mich das nicht annähernd ausrei-
chend beruhigt", entgegnete Gabriel mit einem belustigten
Lächeln. Er starrte sie eine Sekunde zu lang an, in der sein
Blick auf ihre Brust sank, bevor er sich räusperte und seine
Hand ausstreckte, um ihr unbeholfen den Arm zu tätscheln.
„Aber gute Arbeit mit den Karten."

Cassie stieß geräuschvoll Luft aus, denn seine kurze
Berührung frustrierte sie wirklich. Er war schon die ganze
Woche so, musterte sie, wenn er dachte, sie würde es nicht
sehen, und im nächsten Moment tat er so, als ginge es ihm
nur um seine Wächter Pflichten. Nachdem er sie im Bellocq
so berührt hatte, hatte Cassie gedacht, dass er vielleicht
wenigstens daran interessiert wäre, etwas Körperliches
zwischen ihnen entstehen zu lassen. Aber nein. Seitdem
hatte sie nicht einmal einen Kuss auf die Wange von ihm
erhalten.

Dennoch hatte Cassie Gabriel in den letzten paar Tagen
unzählige Male dabei ertappt, wie er seine Hose gerichtet
hatte, um seine Erregung zu verbergen. Sie presste ihren
Mund fest zusammen und beschloss, ihn zu testen und
herauszufinden, wie *professionell* seine Gefühle ihr gegenüber
wirklich waren.

Gabriel wandte sich ab, um den Raum zu verlassen,

doch Cassie trat direkt vor ihn und ergriff den Saum seines T-Shirts, wodurch sie ihn zum Stehen brachte.

„Warte", sagte sie leise.

Gabriel drehte sich wieder um, wobei seine Miene innerhalb weniger Sekunden von Überraschung zu Hunger zu Schuld wechselte.

„Cass", sagte er und bog seine Finger um ihre Hand. Er starrte einige Momente auf ihre Hand und wirkte unsicher. Dann hob er sie und drückte einen Kuss auf ihr Handgelenk, genau auf die Stelle, wo ihr Puls hämmerte. Als er sie freigab, drehte Cassie den Spieß um, packte sein Handgelenk und riss ihn zu ihrem Körper.

Natürlich bedeutete ihr Größenunterschied, dass Cassie hauptsächlich ihren Körper an seinen zog, aber das war egal. Sie warf ihre Arme um seinen Hals, hob sich auf die Zehenspitzen und drückte ihre Lippen auf seine. Für einen flüchtigen Augenblick war Gabriel völlig reglos und dann antwortete er mit einem Stöhnen und vertiefte den Kuss.

Im Nu waren sie atemlos und klammerten sich aneinander, so groß war ihr Hunger nacheinander. Es brachte Cassie schier um, ihre Lippen von Gabriels zu lösen, aber sie musste verstehen, was das zwischen ihnen war.

„Warum hast du das hier vermieden?", wollte sie wissen und betrachtete sein Gesicht forschend, während sie um Atem rang. „Ich weiß, dass du mich auf diese Weise willst."

Sie streifte seine Hüften mit ihren, denn sie wusste nur allzu gut, dass er hart und bereit war.

„Cass, Cass", sagte er, Verlangen glasklar in seinen Augen. „Ich – ich glaube nicht, dass ich eine Gefährtin haben kann. Es ist… ich kann nicht…"

Cassie hauchte einen weiteren Kuss auf seine Lippen.

„Ich brauche nicht die Ewigkeit", sagte sie. „Vielleicht bin ich gar kein Mädchen für die Ewigkeit."

Gabriel wich zurück und seine Miene verdüsterte sich.

„Sag so etwas nicht", knurrte er. „Du bist nicht irgendeine zwanglose…"

Cassie hätte darüber gelacht, dass ihm die Worte fehlten, um sie zu beschreiben, wenn sie gerade nicht so frustriert von ihm gewesen wäre.

„Vielleicht bist ja du derjenige, der nicht zwanglos ist!",
giftete sie. Dann lachte sie bitter über ihre eigenen Worte.
„Warte, das nehme ich zurück. Cairn zufolge haben sich
deine One-Night-Stands die Klinke in die Hand gegeben
seit dem Moment, in dem du in New Orleans angekommen
bist."

Gabriel besaß immerhin den Anstand, leicht beschämt
dreinzublicken.

„Aber nicht seit du ins Herrenhaus gekommen bist",
protestierte er.

„Und du denkst, dass ich mich deswegen besser fühle?
Du fickst all die… gesichtslosen Flittchen! Aber mich? Nein,
nein. Mich würdest du nicht mal mit der Kneifzange anfassen." Sie wand sich mit einem finsteren Gesicht aus seiner
Umarmung. „Wenn es nicht an meiner Attraktivität liegt
und an keiner Abneigung gegenüber körperlichen… Aktivitäten, dann werde ich davon ausgehen müssen, dass du
mich als Person wirklich nicht leiden kannst."

Gabriels Mund öffnete sich, während er sie mit völlig
verdattertem Gesicht anstarrte.

„Das ist ein ausgemachter Schwachsinn!", blaffte er.
„Natürlich mag ich dich. Ich mag dich sogar sehr."

„Wirklich?", schnaubte Cassie. „Beweis es!"

Sie nahm an, dass er ihre Worte als Herausforderung
verstehen würde, das zu Ende zu bringen, was auch immer
zwischen ihnen lag, genau hier und jetzt, aber natürlich
überraschte Gabriel sie. Dieser verdammte Mann und sein
süßes, romantisches, dummes Gehirn.

„Dinner", sagte er, fing ihr Handgelenk ein und zog sie

zu sich. Sein wütender Gesichtsausdruck passte so gar nicht zu seinen Worten und Cassie starte ihn verwirrt an.

„Du denkst jetzt ans Essen?", fragte sie.

„Nein, ich −", Gabriel unterbrach sich und knurrte, wobei er kurz eine glänzende Reihe perfekter weißer Zähne entblößte. „Hör auf, mich aus dem Konzept zu bringen. Ich versuche gerade, dich um ein richtiges Date zu bitten, Frau."

„Ein Date?", echote Cassie, deren Augenbrauen sich zusammenzogen.

„Ja. Den Hof machen und so was. Du, ich, schickes Kleid, noch schickeres Restaurant", erklärte er langsam in einem Tonfall, der an Fopperei grenzte. „Wir essen, ich bezahle. Wir reden und… Dinge."

Cassie gab ein ungläubiges Lachen von sich.

„Äh… okay. Ich hätte nicht gedacht, dass du überhaupt weißt, was du bei einem Date machen sollst, aber ich würde deinen Versuch wirklich gerne sehen", schoss sie zurück.

„Schön! Ich hole dich an der Tür zum Gästezimmer ab", murrte Gabriel. „Punkt acht Uhr."

„Schön!", keifte Cassie und funkelte ihn beleidigt an. Sie trat aus seinem Griff. „Dann sehe ich dich um acht!"

Ohne einen Blick zurück stürmte Cassie aus dem Raum und auf den Gang und hielt nicht an, bis sie die Tür des Gästezimmers hinter sich geschlossen hatte. Erst dann stoppte sie, lehnte sich mit dem Rücken an die Tür und dachte darüber nach, was gerade passiert war.

„Ich… habe ein Date?", fragte sie sich laut. „Ich war noch nie auf einem Erwachsenen Date!"

Aufregung und Nervosität und Freude überwältigten sie zugleich. Cassie vergrub ihr Gesicht in den Händen und stieß ein lautes, emotionales Quietschen aus. Sie grinste über sich, ihre Reaktion, die ganze Situation.

Nach einigen Momenten des Jubelns straffte sie sich. Gabriel schenkte ihr ein winziges Stückchen Kontrolle und das musste sie ganz und gar zu ihrem Vorteil nutzen. Wenn sie das tun wollte, musste sie in die Gänge kommen, ein Kleid finden und Accessoires und…

Ein weiteres winziges, aufgeregtes Quietschen entschlüpfte ihren Lippen, während sie zu ihrem Schrank eilte und ihn aufriss.

Sie hatte ein richtiges, echtes Date mit Gabriel Thorne!

8

„Dieser *Doberge Cake* ist zu viel", ächzte Cassie und seufzte zufrieden, als sie die letzten Bissen der gehaltvollen Schokoladentorte von sich schob.

Gabriel gluckste, während er sie über den Tisch hinweg beobachtete und ihre Schönheit bewunderte. Sie saßen versteckt auf der abgelegensten Seite des Patios des Café Amelie, dem bei weitestem romantischsten Innenhof New Orleans. Hohe Wände, von denen Efeu und Jasmin in wohlduftenden Wellen herabhingen, ragten ringsum den Patio in die Höhe, der von Kerzen und Fackeln erhellt wurde. Ein talentierter einheimischer Violinist saß in der gegenüberliegenden Ecke und verlieh der Szenerie ein ruhiges Ambiente.

Gabriel hatte jedoch nur Augen für Cassie. Sie trug ein hautenges schwarzes Neckholder-Kleid, das ihren Hals und Brust verhüllte, während ihre Arme und unterer Rücken wunderbar entblößt waren. Sie hatte ihre langen roten Locken offengelassen, sodass sie sich sanft wie ein Umhang um ihre Schultern lockten. Zudem hatte sie sich wieder einen geschwungenen Lidstrich gezogen, der charakteristisch für sie zu sein schien, wie Gabriel bemerkte, und der ihre lebhaften silbergrauen Augen betonte.

„Möchtest du gehen?", fragte er, wobei er sich bemühte die Tatsache zu verbergen, dass er ihre Kurven wie ein notgeiler Teenager anstarrte.

„Gerne", antwortete Cassie und zog die Ränder ihrer langen schwarzen Seidenhandschuhe hoch. Das schien eine automatisierte Angewohnheit zu sein, sich zu vergewissern, dass ihre Narben immer vor den Blicken anderer verborgen waren. Gabriel hatte diese Narben gesehen und sie waren nicht hübsch, aber sie taten ihrer Schönheit keinen Abbruch. Gerade jetzt, nach einigen Gläsern Sekt, war ihr Gesicht so hübsch gerötet und sie betrachtete ihn mit mehr als leichtem Interesse.

Dieses Kleid, dieser Gesichtsausdruck, wie sie ihn anlächelte… Das könnte ausreichen, um Gabriel alles vergessen zu lassen, dem er abgeschworen hatte.

Er schob ein dickes Bündel Geldscheine unter seinen Teller, dann erhob er sich und reichte Cassie seine Hand. Er half ihr auf die Füße. Sie überrumpelte ihn, indem sie den Schwung ausnutzte, um sich nach oben zu drücken und ihn zu küssen. Es war ein kurzes, spielerisches Streifen der Lippen, aber ihre Körper berührten sich dabei, ihre Hüften pressten sich aneinander und Gabriel wollte mehr.

Mehr, mehr, mehr. Würde er jemals genug von Cassandra Chase bekommen? Gabriels Gier nach ihr fing allmählich an, seine Furcht zu überwältigen, wenn auch nur für den Moment. Oder die Nacht…

„Ich dachte, wir könnten noch ein Stückchen laufen und uns das Nachtleben anschauen, da wir sowieso schon im French Quarter sind", erklärte Gabriel. „Hast du Lust, ein bisschen mit mir zu spazieren, bevor wir ein Taxi zurück zum Herrenhaus nehmen?"

„Natürlich", sagte Cassie, nahm seine Hand und

verflocht ihre Finger auf eine Weise ineinander, dass es Gabriel die Brust zuschnürte. *„Lass uns spazieren gehen."*

Bei ihren letzten Worten ahmte sie seinen Akzent nach, was Gabriel zum Lachen brachte. Der Laut fühlte sich fremd in seiner Kehle an, was ihn denken ließ, dass er das nicht annähernd genug gemacht hatte seit... London. Er konnte sich nicht dazu überwinden, an den Tag zu denken, an dem er es hinter sich gelassen hatte. Aber irgendwie würde er mit Cassie darüber sprechen und ihr erklären müssen, warum sie einen viel besseren Gefährten verdient hatte.

Sie ließen den Patio hinter sich zurück und liefen zum Gehweg.

„Oh, ich liebe diese Galerie", schwärmte Cassie, als sie an einem riesigen Fenster vorbeikamen, in dem berühmte Kunstwerke ausgestellt waren. „Und diesen Kleiderladen, Trashy Diva. Ich habe ein Dutzend ihrer Kleider. Sie sind im 50er Jahre Stil."

Sie plapperte fröhlich vor sich hin und Gabriel hörte ihr halbherzig und schuldbewusst zu. Widerwillen sammelte sich schwer in seinem Magen, während er versuchte sich die richtigen Worte zurecht zu legen, um Cassie zu erzählen, dass er ihr nicht geben konnte, was sie wollte. Sie liefen und beobachteten die Leute den ganzen Weg bis zum Jackson Square, wo Gabriel Cassie zu einer der abgelegenen schmiedeeisernen Bänke führte.

„Lass uns eine Minute hinsetzen und reden", schlug er vor.

„Uh oh", machte Cassie und ihre Augenbrauen schnellten in die Höhe.

„Was?", fragte Gabriel, der sie neben sich auf die Bank zog. Er konnte ihre Hand einfach nicht loslassen oder seinen Schenkel von ihrem wegbewegen.

„Das klingt unheilverkündend", sagte sie achselzuckend und wandte den Blick ab.

Gabriel räusperte sich, weil er sich nicht sicher war, wie er anfangen sollte.

„Cass, ich bin ein Mörder", purzelte es aus seinem Mund, was sogar ihn überraschte.

Cassie riss die Augen auf, während sie zu ihm hochstarrte und ihre Finger quetschten seine kurz.

„Äh… was?", fragte sie.

„Alle Wächter stehen in Mere Maries Diensten. Ich denke, das weißt du, oder?", fragte Gabriel. Cassie nickte bloß, weshalb er weitersprach: „Ich diene Mere Marie, weil sie mich vor einem entsetzlichen Schicksal bewahrt hat. Tod durch den Strick, wie wir es genannt haben."

„Ich verstehe es immer noch nicht."

„Ich tötete meine Schwester Caroline. Ich dachte, ich wüsste genug über Magie, um einen Dämon heraufzubeschwören und zu kontrollieren. Der Zauberspruch ging schief und tötete stattdessen Caroline."

Verstehen flackerte in Cassies Augen auf.

„Dein Opfer, um dem Zauber Kraft zu verleihen", sagte sie nickend. „Das passiert manchmal mit dem Orakel, dass Opfer verwechselt werden. Ich habe allerdings noch nie ein Menschenleben akzeptiert…"

„Ich sollte eigentlich meine Fähigkeit zum Gestaltwandeln opfern", erklärte Gabriel und rieb sich mit der Hand über den Mund.

„Du wolltest deinen Bären aufgeben." Cassie beobachtete ihn einen Augenblick, dann nickte sie nur. „Ich denke nicht, dass dich das unbedingt zum Mörder macht."

Wut flammte in Gabriels Brust auf, schnell und heiß.

„Wirklich? Wie würdest du es dann nennen? Sorglosigkeit? Ich tötete sie, Cass. Sie war eiskalt und leblos in meinen Armen. Ohne Mere Marie wäre Caroline längst tot. Wegen *mir*." Er schlug mit einer Faust auf seine Brust, während ihn Schmerz durchfuhr bei dem Gedanken an seine Fehler.

Cassie schien einen langen, stillen Moment über seine Worte nachzudenken.

„Okay", sagte sie. „Es tut mir leid, dass das passiert ist, Gabriel. Und ich bin froh, dass Mere Marie deine Schwester gerettet hat. Danke, dass du es mir erzählt hast."

Sie wirkte, als wolle sie noch etwas sagen, aber unterbrach sich. Gabriel stieß frustriert seinen angehaltenen Atem aus. Sie hatte seine Worte gehört und akzeptiert, aber verstand die Gründe hinter seinem Geständnis nicht.

„Cass", begann er und drückte ihre Hand abermals, bevor er sie losließ. „Ich glaube, du verstehst den Sinn dieses Gespräches nicht ganz."

„Dass du dich bezüglich deiner Vergangenheit öffnest, ist nicht Sinn genug?", erkundigte sie sich und kniff die Augen zusammen.

„Ich versuche dir gerade zu erklären, warum ich keine Gefährtin haben kann", erwiderte Gabriel. „Die Verantwortung dessen…"

„Verantwortung?" Cassies Augenbrauen hoben sich.

„Dich zu beschützen", erklärte Gabriel.

„Lass uns die lächerlichen Dinge, die du gerade gesagt hast, einen Augenblick vergessen", sagte Cassie und bedachte ihn mit einem harten Blick. „Was genau wünschst du dir von deinem Leben, Gabriel?"

Gabriel hielt inne, dachte darüber nach.

„Ich weiß es nicht", gestand er.

„Lass uns mal eine kleine Gedankenreise machen. Du, in der Zukunft, ohne die Schuldgefühle über deine Vergangenheit. Wenn Caroline nie gestorben wäre und das nicht auf deinen Schultern lasten würde, wie würde dein Plan für dich selbst aussehen?"

Gabriel ließ sich einen Moment Zeit, bevor er antwortete. Er versuchte, sich selbst in zehn Jahren vorzustellen, sich das Leben auszumalen, das er führen würde.

„Ich schätze… Ich wollte immer ein hübsches Zuhause.

Eine große Familie", erzählte er, genauso sehr für sich wie für Cassie. „Als wir noch auf der Straße lebten, erfanden Caroline und ich immer Geschichten und redeten über die großartigen Weihnachtsfeste, die wir gemeinsam feiern würden. Eine ganze Schar Kinder versammelt um den Tisch, alle glücklich und wohlgenährt. Die Weihnachtszeit war eine besondere Jahreszeit für uns."

Cassie schenkte ihm ein sanftes Lächeln und die Erkenntnis, dass sie ihn nur allzu gut verstand, betrübte Gabriel.

„Träumen", sagte sie nickend, „und planen. Das habe ich sehr oft gemacht. Vor allem im Vogelkäfig. Ich war so oft allein und an den Weihnachtstagen fühlte ich mich immer ganz besonders einsam. Ich machte früher immer das Gleiche und fantasierte davon, wie ich eines Tages verschwenderisch viele Weihnachtsdekorationen haben würde und all die Dinge tun würde, die meine Eltern nie für mich gemacht haben."

„Für deine Kinder, meinst du."

„Ja", bestätigte Cassie. „Ich möchte nicht gruselig klingen, aber… du warst auch da. Ich sah dich in einer Vision, eigentlich in mehreren Visionen, und ich habe dich auch irgendwie in meine Fantasiewelt miteinbezogen. Ich konnte zwar nicht wissen, wie du sein würdest, deine Persönlichkeit, aber du warst dort im Hintergrund."

Gabriel wusste nicht recht, wie er darauf antworten sollte. Es war süß, aber auch ein wenig schockierend.

„Ich –"

„Nein, nein. Ich benehme mich wie eine Irre", sagte Cassie und schüttelte den Kopf. „Ich… ich möchte aber nicht, dass du im Hintergrund bist, Gabriel. Jetzt, da ich dich kennengelernt habe, weiß ich, dass du wunderbarer bist, als ich es mir jemals hätte erträumen können. Und wenn du dir vorstellen kannst, dir eine Gefährtin zu suchen und dich eines Tages niederzulassen, wäre… wäre ich gerne diese Person für dich. Oder würde es zumindest gerne versuchen. Ich möchte dich allerdings nicht völlig verschrecken."

„Cassie", sagte Gabriel, der zunehmend frustriert wurde. „Es liegt nicht an dir. Du… du bist perfekt. Es könnte niemals jemand besser zu mir passen. Ich bin derjenige, der makelbehaftet ist. Ich… ich traue mir mit dir einfach nicht über den Weg. Du bist zu wertvoll und ich kann nicht zulassen, dass ich dich enttäusche. Oder schlimmer, dich in Gefahr bringe. Um Himmels willen, schau doch nur, was ich meiner eigenen Schwester angetan habe."

Cassie öffnete den Mund, eindeutig bereit, ihm den Kopf zu waschen, aber Gabriel hörte ein Geräusch und legte eine Hand auf ihren Arm, um sie zu stoppen.

Zisch. Zisch. Züüsch.

Gabriel drehte seinen Kopf minimal und sah aus dem Augenwinkel, dass sich drei große Gestalten näherten. Sie trugen wogende schwarze Roben, ihre Gesichter wurden von Kapuzen verdeckt und sie bewegten sich fast lautlos.

Fast.

Zisch. Zisch. Ihre Roben schleiften über das Kopfsteinpflaster der Straße gegenüber des Jackson Square. Erst da bemerkte Gabriel, dass der Square verwaist war mit Ausnahme von ihnen und den sich nähernden… nun, nicht Männern, sondern Kreaturen.

„Kallu Dämonen", informierte Gabriel Cassie, die ihm mit großen Augen zunickte. „Wir sollten zu fliehen versuchen, solange wir noch können."

Sie sprangen auf ihre Füße und Gabriel zog Cassie mit sich. Er nahm eine scharfe Linkskurve ins Herz des French Quarter, da er annahm, dass sie die Dämonen in den überfüllten Seitenstraßen abhängen könnten. Als Gabriel jedoch über seine Schulter blickte, kamen die Dämonen leider immer näher.

„Gottverdammt", fluchte Gabriel und zog Cassie in eine weitere Seitenstraße.

„Gabriel", sagte sie, während er erneut nach hinten zu den Dämonen blickte. „Gabriel!"

Er drehte sich um und realisierte, dass er sie unwissentlich in eine Sackgasse geführt hatte.

„Lauf weiter", wies er sie an und schob Cassie auf das Ende der Gasse zu. „Bleib unten, lass mich handeln."

Er hatte kein Schwert oder eine Pistole, aber er hatte seinen Zauberstab. Seit jenem Tag mit Caroline hatte er ihn nicht gegen eine andere Person eingesetzt, nicht um irgendeinen großen Zauber zu wirken, aber wie es aussah, war heute der Tag, an dem er wieder damit anfangen würde.

Gabriel positionierte sich in der Mitte der Gasse und zückte seinen Zauberstab, sodass die Dämonen wussten, dass er nicht hilflos war.

„Ihr wollt das nicht tun", schrie er. „Ich bin ein Wächter."

Die kapuzenverhüllten Gestalten wurden langsamer, als sie noch ungefähr hundert Schritte entfernt waren, aber sie reagierten nicht auf seine Ankündigung. Was bedeutete, dass sie vermutlich ganz genau wussten, wer Gabriel war und dass sie wegen ihm hergeschickt worden waren. Oder schlimmer, wegen Cassie.

Die Kreaturen verteilten sich und kamen näher, während ein gelbes Leuchten aus ihren leeren Roben zu dringen begann. Kallu Dämonen waren ohne ihre Roben formlos, unsichtbar und beinahe harmlos. Diesen hatte man jedoch eine Gestalt und Macht verliehen und sie waren von jemand sehr Mächtigem heraufbeschworen worden.

Gabriel schoss einen fiesen Fluch auf die Kreatur in der Mitte ab. Sie wich dem Angriff mühelos aus.

„Scheiße", murmelte er. Er hatte noch nie allein gegen drei dieser Dämonen gleichzeitig gekämpft und die Drecksviecher waren schnell.

Sie kamen wieder näher. Dieses Mal feuerten sie ebenfalls Zauber ab und Gabriel war schon bald in einen Kampf verwickelt. Er brauchte nur wenige Minuten, um zu registrieren, dass sie ihn absichtlich verfehlten, mit ihm spielten…

Dann waren plötzlich nur noch zwei von ihnen da. Gabriel warf einen panischen Blick über seine Schulter und entdeckte, dass der dritte hinter ihm war, was ihn dazu zwang, seinen Rücken einer der Backsteinwände der Gasse zuzukehren.

Von dort drängten ihn die drei Dämonen nach hinten, bis er fast die Wand berührte. Einer der Dämonen traf Gabriel mit einem schmerzhaft heftigen Zauber, was ihn aufschreien ließ.

„Cassie, flieh", brüllte er aus Sorge, dass die Dämonen ihn umbringen und sich als Nächstes ihr widmen könnten. Er schaute in die Gasse und bemerkte, dass es mehrere Türen gab, die so nah waren, dass Cassie sie erreichen könnte, ohne sich den Dämonen zu nähern. „Tritt eine Tür ein, wenn es sein muss!"

Einer der Dämonen leuchtete heller als die anderen und Gabriel konnte spüren, dass er Magie ansammelte und sich konzentrierte. Er trat näher zu ihm, beugte sich über ihn –

„*Ait kisathen*", erklang eine sinnliche, zischende Stimme.

Der Dämon erstarrte, dann drehte er sich um und wich einen Schritt zurück, wodurch Cassie offenbart wurde, die nur wenige Schritte entfernt stand. Die Beine gespreizt, die Arme ausgestreckt, die Haare wild im Wind flatternd, der niemanden außer ihr berührte.

Nur… das war nicht Cassie. Gleißend weißes Licht strömte aus ihren Augen und Mund, während sie wieder in der gleichen mysteriösen Schlangensprache redete.

„*Kaitssssh. Kaitssssh! Memeshk blisssst!*", schrie sie, wobei ihre Stimme stetig lauter wurde, bis sie in Gabriels Ohren dröhnte. Donner grollte in der Ferne und lud die Luft mit Spannung.

Das Orakel, dämmerte es Gabriel. Das Orakel hatte Cassies Körper übernommen und beschützte ihr Gefäß. Oder beschützte aus irgendeinem unbekannten Grund Gabriel.

„*Yishhhhk*", sagten zwei der Dämonen gleichzeitig und verbeugten sich tief vor Cassie. Der dritte hielt inne und beobachtete sie mit schiefgelegtem Kopf.

Nach einem Moment blitzte das gelbe Leuchten des Dämons noch einmal auf und er hob eine Hand, als wolle er Cassie angreifen. Bevor sich der Dämon bewegen konnte, ertönte ein ohrenbetäubendes Kreischen und ein donnerndes *KAWUMM*. Ein weißer Lichtblitz folgte und blendete ihn für den Bruchteil einer Sekunde. Gabriel zuckte zusammen und blinzelte, um den momentanen Schock zu bewältigen.

Dann bemerkte er, dass einer der Dämonen einfach… fort war. Cassie machte einen Schritt auf die anderen zwei zu, die, ohne zu zögern, flohen. Sie waren außer Sichtweite, bevor Gabriel auch nur richtig auf die Füße kommen und verstehen konnte, was gerade passiert war.

Dämonen waren normalerweise emotionslose Kreaturen, aber Gabriel hätte geschworen, dass er gerade nackte Angst bei den zweien gesehen hatte, die Cassie nicht… verschwinden hatte lassen oder was auch immer sie getan hatte.

Sie hatte einem *Dämon* tatsächlich *Angst* eingejagt.

„Cass?", fragte er zögerlich.

Sie war immer noch das Orakel. Sie machte einen Schritt auf Gabriel zu, dann noch einen und es kostete Gabriel sämtliche Selbstbeherrschung, um nicht schreiend davonzurennen. Sie war ein wahrhaft furchterregender Anblick mit ihrem gleißenden weißen Licht und dem Donnergrollen.

„Cass", wiederholte er und versteifte sich, als Cassie eine Hand ausstreckte und seinen Bizeps packte. Ihre Finger legten sich wie ein Schraubstock um ihn und ihre Nägel bohrten sich durch sein Hemd in sein Fleisch. Das Licht aus ihren Augen und Mund blitzte hell auf und Gabriel hatte das merkwürdige Gefühle, dass sie ihm etwas entzog, eine Art Essenz.

Das Orakel beschwor eine Prophezeiung herauf.

Diese gruselige, leise Stimme drang erneut aus Cassies Mund, ein verführerisches Zischen.

„*Du wirst dem Gefäß ein Kind schenken*", flüsterte das Orakel. „*Dieses Gefäß wird das nächste Gefäß zur Welt bringen. Du wirst dafür sorgen, Zauberer. Das Schicksal vieler ruht auf deinen Schultern.*"

„Ich werde was?!", blaffte Gabriel.

Aber das Licht des Orakels zog sich bereits aus Cassies Augen und Mund zurück und verblasste, bis Cassie blinzelte und die Stirn runzelte.

„Was ist passiert?", fragte sie. Dann verzog sich ihre Miene sorgenvoll. „Oh, nein. Sie hat mich überwältigt, nicht wahr?"

„Anscheinend", antwortete Gabriel, der noch immer versuchte, das alles zu verdauen.

„Ich habe Angst zu fragen, was sie gesagt hat", sagte Cassie und knabberte auf ihrer Unterlippe. „Sie hat dir nicht erzählt, wann du sterben wirst, oder?"

Gabriel schüttelte den Kopf.

„Zumindest nicht heute", seufzte er.

„Also was hat sie gesagt?", hakte Cassie weiter nach.

„Ich — das ist privat", erwiderte Gabriel, weil er nicht wusste, wie er es ihr sagen sollte. Zum Teufel, er war sich nicht einmal sicher, was diese Prophezeiung zu bedeuten hatte. Cassie hatte sie ihm einst als 'kryptisch und geheimnisvoll' beschrieben und ihm erklärt, dass die Verkündungen des Orakels oft nicht zu hundert Prozent für bare Münze genommen werden sollten.

Andererseits war das Orakel klar und spezifisch gewesen. Ihre Worte waren kein Rätsel gewesen, auch wenn man sie auf ein paar unterschiedliche Arten interpretieren könnte…

„Oh, sie hat etwas Persönliches gesagt. Fuuuuuuck", ächzte Cassie. „Gabe, es tut mir so leid."

Gabriel hielt einen Moment inne, verblüfft, weil sie seinen Namen zu Gabe abgekürzt hatte. Er hatte den Namen seit seiner Kindheit nicht mehr gehört, aber von Cassies Lippen klang es nett.

„Hey", sagte Cassie, streckte ihre Hand aus und nahm seine. „Denk daran, was ich gesagt habe. Man kann nicht immer wissen, was die Prophezeiungen bedeuten. Manche sind eindeutig, aber viele von ihnen ergeben kaum Sinn."

Du wirst dem Gefäß ein Kind schenken. Es gab nicht gerade viele Möglichkeiten, um diesen Satz zu interpretieren. Die Vorstellung, eine Gefährtin beschützen zu müssen, weckte bereits Gabriels tiefste Ängste. Dem ganzen noch ein Kind hinzuzufügen, war schlicht und ergreifend furchteinflößend.

Und dennoch…

Er erlaubte sich nur einen Moment, es sich vorzustellen und wie es sich anfühlen würde. Er stellte sich Cassie vor, die ihn strahlend anlächelte, während sie über ihren gerundeten Bauch streichelte, malte sich aus, wie sie ein eingewickeltes Baby in den Armen wiegte und das Kind tröstete, das sie gemeinsam gezeugt hatten. Der Gedanke rüttelte irgendeinen Instinkt in ihm wach. Eine Familie zu haben, eine echte Familie, etwas, das er in seiner eigenen erbärmlichen Kindheit nie gehabt hatte.

Das Konzept bewegte Gabriel, während es zugleich der Begierde seines Bären nach Cassie noch mehr Nahrung verlieh. Plötzlich war das Verlangen, Anspruch auf sie zu erheben, übermächtig und Gabriel verlor sich in seinen eigenen schweigsamen Überlegungen.

„Gabe", sagte Cassie und klopfte auf seinen Schenkel. „Es ist okay, ich verspreche es. Das Orakel hat wahrscheinlich nur einen Haufen Zeug gesagt…"

„Sie hat dich beschützt", erzählte Gabriel und löste sich von seinen Gedanken. „Du hast einen der Kallu Dämonen getötet, ohne irgendetwas zu tun."

„Ich hab dir doch gesagt, dass ich auf mich selbst achtgeben kann", entgegnete Cassie, deren Lippen ein kokettes Lächeln umspielte.

„Ich fange an, das zu glauben", gestand Gabriel, dann grinste er. „Ich schätze, ich werde lernen müssen, dir mehr zu vertrauen und dir zuzuhören, wenn du mir etwas erzählst."

Cassie schenkte ihm ein reumütiges Lächeln, während Gabriel ihr seine Hand anbot und sie auf die Füße zog.

„Ich habe das Gefühl, als würde ich dir das schon seit einer ganzen Weile sagen", erwiderte sie, aber Gabriel war viel zu unwiderstehlich für sie, als dass sie wirklich wütend auf ihn hätte sein können.

„Vielleicht hast du das", stimmte er zu. „Jedenfalls denke ich, dass wir für den Abend genug Abenteuer im French Quarter hatten. Bist du bereit, nach Hause zu gehen?"

„Nach Hause", wiederholte Cassie. Die Worte fühlten sich fremd an, während sie sie aussprach. Konnte das Herrenhaus wahrhaftig ihr Zuhause werden und sie auf eine Weise erfüllen, wie es der Vogelkäfig nie getan hatte? Es war einen Versuch wert, oder nicht?

Mit einem sanften Lächeln zu Gabriel hochschauend nickte Cassie. „Nach Hause klingt perfekt."

9

Cassie lachte, als Gabriel darauf bestand, sie in seine Arme zu heben und die Treppe des Herrenhauses 'wie ein anständiger Gentleman' hochzutragen. Sein englischer Akzent machte sich stärker bemerkbar und die fein geschliffenen Töne ließen sie erschaudern, als sie ihre Arme um seinen Hals legte und sich an ihm festklammerte. Seine samtene, tiefe Stimme und vornehmer Akzent waren wirklich eine Ungerechtigkeit an der Menschheit, wenn man bedachte, dass er wahrscheinlich auch noch der bestaussehendste Mann des Planeten war.

„Ein Gentleman, hm?", neckte sie ihn, als sie Gabriels Gemächer erreichten. Cassie bewunderte den kurzen Bart, den er heute zur Schau stellte, die leichten Locken in seinem kastanienbraunen Haar, die harten Kanten seines Kiefers. Und diese Augen, diese Augen in der Farbe des tiefsten Ozeans, verschlangen sie mit einem solch begehrlichen Interesse…

Gabriel stoppte an der Tür zu seinem Schlafzimmer, um auf Cassie hinabzublicken. In seinen Augen loderte es hungrig.

„Ich schätze, ein Gentleman würde dich fragen, ob du noch reinkommen möchtest." Er hielt inne und seine Lippen bogen sich nach oben. „Cassandra Chase, würden Sie mir erlauben, Sie zu Bett zu bringen? Sie sollten allerdings wissen, dass ich beabsichtige, über Sie herzufallen."

Cassie errötete und lachte, dann nickte sie.

„Ja, Mr. Thorne. Fahren Sie fort", sagte sie.

Gabriel rauschte durch die Tür und gewährte Cassie den ersten Blick auf sein Schlafzimmer. Das Zimmer bildete einen starken Kontrast zu seinem Büro und Bibliothek. Die Wände waren in einem sanften, dunklen Grau gestrichen und es gab nur ein paar ausgewählte Teakholzmöbel: ein Bett, einen massiven Kleiderschrank, ein schlichtes Bücherregal und einen kleinen Schreibtisch, auf dem kein einziges Blatt zu sehen war. Auf dem Boden lag ein dunkelblauer Teppich, der zu der dunkelblauen Bettwäsche passte und alles war picobello aufgeräumt.

„Was?", fragte Gabriel, als er sie auf das Bett setzte.

„Nichts, ich… Dieses Zimmer überrascht mich. Ich schätze, ich hatte angenommen, dass du hier an Stelle von Möbeln ganze Büchertürme aufbewahren würdest", antwortete sie mit einem schiefen Grinsen.

„Mach dich nicht lächerlich. Dafür habe ich doch die Bibliothek", sagte Gabriel und wackelte mit den Augenbrauen. „Mir gefällt es allerdings, dass du über mein Schlafgemach nachgedacht hast."

„Ich —", begann Cassie zu protestieren, aber Gabriel stoppte sie mit einem verruchten Grinsen, das ein Grübchen auf seiner linken Wange entstehen ließ. Er schlüpfte aus seiner dunklen Anzugjacke und seinen Schuhen, dann fixierte er Cassie mit seinem leidenschaftlichen saphirblauen Blick. Langsam knöpfte er seine Manschetten auf und schob seine Hemdärmel nach oben, entfernte seine Krawatte und schleuderte sie beiseite.

„Steh auf", forderte Gabriel sie auf und reichte ihr seine

Hände, um ihr vom Bett zu helfen. „Lass mich dir aus diesem Kleid helfen, Darling. Es ist reizend, aber ich möchte dich wirklich sehr gern ohne es sehen."

Gabriel drehte Cassie behutsam um und verursachte ihr Gänsehaut, als er mit einer Fingerspitze über die nackte Haut strich, die von ihrem rückenlosen Kleid entblößt wurde. Er öffnete geschickt den Verschluss in ihrem Nacken und schob dann das ganze Kleid in einer fließenden Bewegung ihren Körper nach unten, sodass sie in nichts außer ihrem schwarzen Spitzenslip und himmelhohen schwarzen Heels vor ihm stand.

„Bleib genau hier", befahl er und half ihr aus dem Seidenhäufchen um ihre Füße zu steigen. Er entfernte sich, vermutlich um das Kleid woanders abzulegen, und kehrte dann zurück, um sich erneut hinter sie zu stellen. Cassie erzitterte, als er den dichten, glänzenden Vorhang ihrer Haare in eine Hand nahm und über ihre Schulter strich, um ihren Hals, Schultern und Rücken seinen Blicken zu entblößen. Er ließ seine Hände über ihre Seiten nach oben tanzen, neckte ihr nackte Haut und löste bestimmte Empfindungen weiter unten in ihrem Körper aus. Er stoppte, dann streichelte er einen Pfad von ihren Schultern ihre Arme hinab.

„Du bist das Hübscheste, das ich jemals gesehen habe", murmelte Gabriel und kam immer näher, bis seine Brust und Schenkel ihren Körper streiften.

Cassie atmete zitternd aus, als Gabriels Hände nach vorne glitten, um ihre Brüste zu umfangen und mit seinen Fingerspitzen ihre Nippel zu festen Spitzen zu zwirbeln. Gabriels Lippen zeichneten eine Spur ihren Hals hinauf, wo seine Zähne ihr Ohrläppchen neckten. Er fasste ihre Haare in einer Hand zusammen und zog ihren Kopf zur Seite, bis die schlanke Säule ihres Halses seiner Gnade ausgeliefert war.

Er biss ihr in den Nacken, ein kurzer Moment brennenden Schmerzes, den er sofort mit einem Kuss linderte. Es fühlte sich wie der Vorbote einer Besitznahme an oder wie ein Versprechen.

„Gabriel…", flüsterte Cassie unsicher.

„Keine Sorge, Darling", raunte Gabriel, die Lippen nach wie vor an ihrem Hals. Seine freie Hand glitt nach unten über ihren Bauch, um ihr Geschlecht durch ihr Höschen zu umfassen. „Ich verspreche, dass ich dich befriedige, bevor ich dich markiere."

Gabriel ließ ihre Haare los und schob sie nach vorne auf das Bett, bis sie auf ihrem Bauch lag. Anschließend trat er zwischen ihre Knie. Cassie drehte den Kopf, um ihn zu beobachten und er zwinkerte ihr wissend zu, während er seine Kleider abstreifte.

Er ließ sich Zeit damit, sein Hemd aufzuknöpfen und zu entfernen. Daraufhin schlüpfte er aus seinen Hosen und trat beide Kleidungsstücke zur Seite. In nichts als einem Paar der engsten vorstellbaren, grauen Retropants sah Gabriel absolut umwerfend aus. Zwei Meter dicker, gemeißelter Muskeln. Ein Körper geschaffen für Sünde, genug, um selbst den Gläubigsten in Ungnade fallen zu lassen, und gepaart mit dem Gesicht eines Erzengels.

Gabriel lenkte ihre Aufmerksamkeit von seinem Gesicht nach unten, indem er über seine Erektion rieb, und Cassie kam nicht umhin zu bemerken, dass seine Retropants seinen dicken, schweren Penis kaum in Zaum halten konnten.

„Was dabei, das dir gefällt?", erkundigte sich Gabriel und schenkte ihr ein Höschen-feucht-machendes Grinsen.

„Du bist unmöglich", konterte Cassie und wand sich. Sie versuchte, von ihm wegzukommen und sich umzudrehen, doch Gabriels Hände legten sich um die Rückseite ihrer Schenkel und hinderten sie daran, sich zu bewegen.

„Du wirst es gleich herausfinden, Darling", versprach er.

Gabriel beugte sich nach vorne und riss ihren Slip nach unten, indem er grob daran zog. Cassie keuchte und versuchte, ihre Beine zusammenzupressen, aber Gabriel hielt sie fest. Seine Finger packten bereits ihren nackten Hintern und der Ausdruck männlicher Zufriedenheit auf seiner Miene war unerträglich. Cassie drückte ihr Gesicht in die Matratze, dessen Wangen brannten.

„Ich will dich auf deinen Knien." Gabriels Hände hoben ihre Hüften an und verlagerten Cassie so, dass sie auf ihren Knien und Ellbogen ruhte. Er schob ihre Knie langsam nach hinten, bis sie sich fast an der Bettkante befanden. Dann fuhr er mit seinen Händen ihre Außenschenkel nach oben und umfasste ihre Pobacken. „Fuck, Cass. Du machst mich so verdammt hart."

Er wich für den Bruchteil einer Sekunde zurück und dann schrie Cassie überrascht auf, als er mit der dicken, bloßen Spitze seiner Härte über ihren Innenschenkel rieb, so wunderbar nah an ihrem pulsierenden Eingang.

„Ohhhh", stöhnte Cassie und lehnte sich nach hinten, während die Neugier sie bei lebendigem Leib verbrannte. Würde er das Vorspiel überspringen und sie jetzt gleich vögeln? Sie war feucht genug, so viel war sicher.

Stattdessen zögerte Gabriel die Dinge hinaus. Er neckte sie mehrere lange Momente, indem er mit seiner seidigen Schwanzspitze über ihre unteren Lippen strich.

„Du bist schon so feucht für mich, Cass", murmelte er.

Er positionierte sich an ihrem Eingang und drang den winzigsten Bruchteil in sie, und Cassie schrie vor Lust auf, während sich ihre Finger in die Laken krallten. Als er sich mit einem Glucksen zurückzog, knurrte sie missmutig.

Sie sah zu ihm zurück und funkelte ihn finster an, woraufhin er grinste.

Klatsch. Seine offene Handfläche landete auf ihrer rechten Pobacke, was ihr ein überraschtes Keuchen entlockte.

„Ich werde es dir nicht leicht machen, Cass, das versichere ich dir. Ganz egal, wie sehr ich meinen Schwanz auch in deinem Körper versenken möchte, du bist noch nicht bereit. Erst wenn du für mich brennst, Darling."

Gabriels Hand wanderte zwischen ihre Schenkel und reizte ihre feuchten Schamlippen. Zwei Fingerspitzen zwirbelten ihre pulsierende Klit und gaben ihr, was sie am dringendsten wollte, während sie ihr Verlangen zugleich noch heißer brennen ließen.

„Ja", stöhnte Cassie und warf den Kopf nach hinten. Ihr Körper bog sich durch, während sie sich Gabriels Berührung entgegenwölbte und nach mehr und mehr suchte. „Gabriel, ja!"

„Dir gefällt es, wie ich dich berühre, nicht wahr Darling? Ich liebe es, meiner Gefährtin Lust zu bereiten", sagte Gabriel.

Ein winziger Teil von Cassie stockte bei seinem plötzlichen, leidenschaftlichen Gebrauch des Wortes Gefährtin, aber der Rest von ihr war viel zu weit verloren in den Empfindungen, um zuzuhören oder sich darum Gedanken zu machen. Während Gabriels Berührungen sie in immer höhere Sphären der Lust hoben, entstand eine völlig neue Sehnsucht tief in ihrem Inneren, das Verlangen, vollständig und ganz von ihm ausgefüllt zu werden. Sie wollte, dass Gabriel ihren Körper in Besitz nahm und ihre Sinne durchdrang. Sie wollte, dass er sie *brauchte*, dass er das Band, das zwischen ihnen wuchs, brauchte.

Cassie wollte, dass Gabriel sie für sich beanspruchte. Sie markierte. Sie zu der *Seinen* machte.

Irgendwie konnte sie nichts davon aussprechen. Nicht in der Hitze des Gefechts, vielleicht nie.

„Fick mich, Gabe. Bitte, bitte fick mich", kam es ihr stattdessen über die Lippen.

Gabriel gab ihr einen kleinen Vorgeschmack auf das, was sie so verzweifelt ersehnte, indem er grob zwei dicke Finger tief in ihre enge, feuchte Mitte stieß. Seine Berührung war nicht sanft, aber sie passte zu dem Drängen, das Cassie bis in ihre Knochen fühlte.

„Sag mir, dass ich dich ungeschützt nehmen kann, Gefährtin", knurrte Gabriel und verpasste ihrem Hintern noch einen lauten Klaps.

„Ich habe ein Hormonstäbchen", brachte Cassie hervor und drehte sich, um ihn anzuschauen. Die Intensität seiner Miene verzauberte sie sogleich. Gabriels Augen waren fast schwarz vor ungezügelter Lust und seine Brust und Schultern glänzten wegen eines leichten Schweißfilms.

„Was für ein gutes Mädchen du doch bist, Cass."

Er stimulierte ihren Kanal mit seinen Fingern, bis sie ihm entgegenkam, dann zog er sie zurück. Dieses Mal neckte er sie nicht, warnte sie nicht vor. Gabriel positionierte sich an ihrem Eingang und drang tief in sie. Er packte ihre Hüften, während er ihren Körper dehnte und füllte und ihr alles gab, was sie brauchte.

„Ah!", schrie Cassie, aber Gabriel ließ nicht einen Augenblick nach. Er fand einen stetigen Rhythmus, führte eine Hand um ihren Bauch und hob ihre Hüften ein Stückweit an. Dann glitt seine Hand zu ihrem Außenschenkel und drückte ihre Beine enger zusammen.

Plötzlich war er so viel tiefer in ihr und seine großartige Härte traf jede empfindliche Stelle, wodurch Cassies Beine unter der Wucht der neugefundenen Empfindungen zu zittern begannen. Ihre innersten Muskeln spannten sich allmählich an und sie konnte Gabriels anerkennende Reaktion fühlen, da er ein tiefes, zufriedenes Knurren verlauten ließ, während sich seine Finger in ihre Hüften bohrten. Er vögelte sie ohne Unterbrechung, während sich ihr Körper unmöglich eng zusammenzog, ihre Brüste kribbelten und ihr Kitzler pochte und… und…

Gabriel veränderte seine Position, zog sie aufrecht an sich und versenkte seine Zähne, ohne zu zögern, tief in dem zarten Fleisch ihrer Halsbeuge. Der scharfe Schmerz vermischte sich mit ihrem überwältigenden Vergnügen, bis alles irgendeine Barriere tief in ihrem Inneren durchbrach.

Cassie explodierte mit einem Schrei und ihre Hüften wölbten sich Gabriel entgegen, während sie ihren Höhepunkt erreichte. Sein Griff auf ihrem Körper wurde fast schmerzhaft, als er sich regelrecht in sie hämmerte und nicht langsamer wurde, während Cassie eine lustvolle Welle nach der anderen ritt.

„Fuck, Cass. Fuck!" Gerade als sie begann, zurück in die Realität zu gleiten, fluchte Gabriel und kam. Er zuckte hinter ihr, während er seinen Samen in langen Schüben in sie spritzte.

Cassie erschauderte, als er sich aus ihr zog. Doch zu ihrer Überraschung brach Gabriel nicht auf dem Bett zusammen, wie sie es tat und praktisch mit der Matratze verschmolz. Gabriel verschwand mehrere lange Momente, aber Cassie konnte sich nicht dazu bringen, nach ihm zu schauen, weil sie noch in ihrer post-koitalen Glückseligkeit schwebte. Sie ließ ihre Augenlider zufallen und wäre vielleicht sogar sofort eingeschlafen, wenn Gabriel nicht zurückgekehrt wäre.

„Hier, Darling, ich werde mich um dich kümmern."

„Mmm?", murmelte Cassie und öffnete ein einzelnes Auge, um ihn anzuschauen.

Gabriel zog eine Braue hoch, während er ein Handtuch hochhielt.

„Mmmf", erwiderte Cassie, die nicht gewillt war, sich zu bewegen.

Gabriel säuberte sie mit den zärtlichsten Berührungen, erst den Biss an ihrem Hals und dann zwischen ihren Beinen. Er tapste wieder davon und ließ Cassie eine Weile vor sich hin schlummern. Als er zurückkam, schlug er die Decke auf einer Seite des Bettes zurück und hob Cassie in seine Arme. Cassie kicherte über seine liebevolle Fürsorge, während er sie unter die Decke schob und dann neben ihr unter diese schlüpfte.

„Das ist besser", verkündete Gabriel, drehte Cassie auf ihre Seite und zog sie fest an sich. Er schmiegte sich an sie, seine Umarmung zärtlich und besitzergreifend und befriedigend. Cassies erschöpftes Gehirn drehte sich im Kreis in dem Versuch, herauszufinden, was zur Hölle gerade passiert war und was sie fühlen sollte.

„Was jetzt?", war alles, was sie zustande brachte.

„Für den Moment? Schlaf einfach", murmelte Gabriel, schlang einen Arm um ihre Taille und vergrub seine Nase in ihren Haaren, direkt an ihrem Nacken. Er war so warm und tröstlich und Cassie konnte nichts anderes tun, als in einen tiefen, traumlosen Schlaf zu sinken.

*C*assie wurde wach, als helles Sonnenlicht durch die Fenster strömte. Sie verzog das Gesicht und berührte das Paarungsmal an ihrem Hals. Es war noch etwas wund, aber dem Rest ihres Körpers erging es da nicht anders. Ihre Lippen bogen sich bei der Köstlichkeit dieser Empfindung nach oben, denn sie hatte ihre Wehwehchen auf die bestmögliche Weise erlangt. Sie blickte zu Gabriel und verdrängte fürs Erste die Gedanken an ihren neuen Status. Sie würde alles nur bis ins kleinste Detail auseinandernehmen und sich kirre machen, dabei wollte sie einfach nur entspannen und sich wegen der letzten Nacht noch eine Weile gut fühlen.

Sich streckend schwang sie ihre Beine über die Bettkante und machte Anstalten, aufzustehen. Sie kreischte, als sich ein muskulöser Arm um ihre Taille legte und sie nach hinten zog.

„Und wohin hast du vor zu gehen?", wollte Gabriel wissen und rieb seine Nase an ihrem Hals, wobei seine

Lippen und Zähne und Bartstoppeln kleine Lustblitze über ihr Rückgrat jagten.

„Ich wollte eigentlich meine Zähne putzen", sagte Cassie lachend.

„Du hast exakt sechs Minuten, bevor ich dich holen komme", informierte Gabriel sie. „Ich verspreche, Milde walten zu lassen, wenn du mich nicht dazu zwingst, das Bett zu verlassen und dich aufzuspüren."

„Ist das so?", fragte Cassie, stemmte sich auf ihre Ellbogen und schürzte die Lippen.

„Das ist verdammt so. Du verlässt mein Bett nicht wieder, ehe du nicht so gut durchgevögelt wurdest, dass du nicht mehr klardenken kannst", warnte Gabriel sie. „Ich werde dich auf jede erdenkliche Weise nehmen, so oft wie möglich. Ich denke an… zwei Wochen? Drei? Wie lange denkst du, wird es dauern, bis du vergisst, dass jemals jemand vor mir existiert hat?"

Cassie gab ein erstauntes, amüsiertes Schnauben von sich. Als ob sie nach letzter Nacht Augen für jemand anderen als Gabriel hätte!

„Ich – ich weiß nicht, was ich darauf sagen soll", gestand sie errötend.

Gabriel ließ sie vom Haken, gab sie frei und scheuchte sie vom Bett.

„Jetzt hast du nur noch fünf Minuten, also solltest du dich besser ranhalten, wenn deine Zähne wirklich Pflege brauchen."

Cassie lachte und beeilte sich, seinen Worten Folge zu leisten, weil sie sich sicher war, dass sie bei ihrer Rückkehr reich belohnt werden würde.

„*I*ch dachte, du wolltest mich nicht verlassen, bis ich vergesse, dass der Rest der Welt existiert", prostierte Cassie, als Gabriel aufstand und sich anzog.

Er zog eine Braue hoch.

„Ich meine mich zu erinnern, dass ich sagte, ich würde dich die anderen Männer vergessen lassen", stellte er klar. „Und wenn die letzten sechs Tage deinen Appetit nicht gesättigt haben… Tja, dann werde ich es bei Sonnenaufgang wieder gut machen. Heute Abend muss ich aber wirklich auf Patrouille gehen. Rhys und Aeric haben die Nase davon voll, für mich einzuspringen, während ich meine neue Gefährtin verwöhne."

Cassie streckte sich und stieg aus dem Bett, schlenderte zu Gabriels Kleiderschrank und fischte sich ein weiches Baumwollshirt heraus, das sie überstreifte. Sie hatten bereits festgestellt, dass Gabriel es liebte, Cassie in seinen Kleidern zu sehen und seinen Geruch auf ihrer Haut zu riechen. Selbst jetzt warf er ihr einen anerkennenden Blick zu, während er ein Paar schwarzer Lederkampfstiefel schnürte.

„Du siehst heiß aus in diesem Outfit", sagte Cassie und warf ihm denselben bewundernden Blick zu, als er aufstand. Er trug schwarze Hosen, ein enges schwarzes T-Shirt und eine schwarze Kampfweste, die etwas sehr Verdorbenes mit Cassies übersextem Gehirn anstellte. „Vielleicht sollte *ich* mir Sorgen um *dich* machen."

Gabriel gab einen gereizten Laut von sich und lief zu ihr, um ihr einen Kuss auf die Lippen zu drücken. Im Anschluss verpasste er ihrem Po einen leichten Klaps.

„Im Büro habe ich ein Geschenk für dich liegen lassen", informierte er sie. „Und ich habe es von den Dienstmädchen aufräumen lassen, während wir anderweitig beschäftigt waren. Ich meinte, was ich darüber sagte, dass du neue Möbel aussuchen kannst. Außer natürlich du möchtest dein Büro im Gästezimmer einrichten. Weiß Gott, du wirst dort sowieso nie wieder schlafen."

Cassie schnaubte über seine überhebliche Ankündigung, aber Gabriel grinste bloß und stolzierte aus dem Raum. Sie schüttelte den Kopf und fand ihre abgelegten Pyjamahosen, die sie vor mehreren Tagen über einen Stuhl gehängt hatte. Nachdem sie sie angezogen hatte, öffnete sie die Verbindungstür zur Bibliothek.

Sie stolperte fast, als sie das Zimmer sah. Die Bücherregale waren penibel organisiert, auf Rollen montiert und dann auf eine Seite des Raumes geschoben worden. Cassie streckte ihre Hand nach einem aus und bewegte es. Sie staunte über die Genialität dieser Idee, der es zu verdanken war, dass das halbe Zimmer leer war, was sowohl für Bewegungsraum als auch Behaglichkeit sorgte. Die Verdunkelungsvorhänge waren ebenfalls von den Fenstern zurückgezogen worden, wodurch der ganze Raum von gleißendem Sonnenlicht durchflutet wurde.

„Du hast wirklich keine Witze gemacht, als du vom Aufräumen gesprochen hast", murmelte sie laut vor sich hin. „Das ähnelt der Bibliothek nicht einmal mehr."

Als sie zu dem Tisch ging, war sie doppelt überrascht, diesen bis auf einige Schriftrollen, einen Block Notizzettel, ein Glas mit Filzstiften und einen Stapel Bücher leer vorzufinden. Aufgeregt streckte Cassie ihre Hand aus und schnappte sich das erste Buch von dem Stapel und öffnete es. Sich einen Stift greifend machte es sich Cassie auf einem Stuhl bequem, während sie durch die Seiten blätterte und sich schnell in dem historischen Tagebuch vertiefte, das Gabriel ihr dagelassen hatte.

Eine Stunde verging, bevor Cassie wieder aufsah. Sie hatte einen Stift in einer Hand und eine Schriftrolle unter der anderen ausgebreitet. Sie hatte auch eine Liste vor sich liegen, die sie auf einen Zettel gekritzelt hatte, eine ungeordnete Ansammlung von Stichpunkten, die einiger Organisation bedurften. Cassie seufzte und schob die Schriftrolle von sich. Sie zog ein leeres Blatt heran, komprimierte und fasste ihre Notizen zu ihrer Zufriedenheit zusammen, wodurch sie zu folgenden Schlüssen gelangte:

· · ·

*E*igenschaften, die das Dritte Licht definieren:

- Kommuniziert mit Geistern oder den Toten (je nach Interpretation)
- Müsste einen Hohen Priester oder Priesterin und einen Engel oder Dämon als Eltern haben.
- Hat seine vollständigen Kräfte noch nicht entwickelt oder versteckt seine wahre Stärke
- Ist sich seines wahren Potenzials für das Böse oder Gute nicht bewusst
- Wahrscheinlich weiblich?

*C*assie kniff ihr Gesicht zusammen, während sie ihre Liste noch einmal durchging. Einerseits war die Liste zu weit gefasst – wie sollten die Wächter jemanden finden können, der seine eigenen Kräfte nicht kannte? Andererseits war die Liste sehr, sehr spezifisch. Es war doch eher unwahrscheinlich, dass viele Frauen herumliefen, die aus der sehr menschlichen Lust eines Dämons und einer Voodoopriesterin entstanden waren. Cassie war sich ziemlich sicher, dass man in dem Moment, in dem man sie erblickte oder zumindest ihre Aura sah, wissen würde, wie besonders diese Frau war.

Oder nicht?

Sich die Schläfen reibend seufzte sie. Es gab noch ein Buch, mit dem sie sich bisher nicht beschäftigt hatte, das größte und furchteinflößendste des Stapels. *Apocrypha del Semaforo* war in den dicken schwarzen Ledereinband geritzt worden. Als Cassie mit den Fingern die Buchstaben nachfuhr, jagte ein Schauder über ihre Wirbelsäule.

Nachdem sie es geöffnet hatte, drehte Cassie mit einer hauchzarten Berührung die gelblichen, puderigen Seiten um. Der Text war in einem sehr alten italienischen Dialekt verfasst worden anstatt in Latein, wie sie es erwartet hatte. Cassie sprang auf und holte ein iPad aus der Technik-Ecke der Bibliothek. Als sie sich wieder gesetzt hatte, blätterte sie die ersten Seiten durch, wobei sie sich die Stellen zusammenreimte, die sie konnte, und die kurzen Abschnitte übersetzte, die wichtig wirkten.

Der Begriff *La Luce Finale* fiel ihr an mehreren Stellen auf den Seiten auf. Stirnrunzelnd übersetzte Cassie ihn.

„Das Letzte Licht?", wunderte sie sich laut. „Ist das ein anderes als das Dritte Licht?"

Mit einem Schnauben machte sich Cassie an die Arbeit, große Textabschnitte der nächsten paar Kapitel zu übersetzen, wobei sie sich immer wieder Notizen machte. Ihr wurde schnell klar, dass das Letzte Licht und das Dritte Licht nicht das Gleiche waren und dass das Letzte Licht aller Wahrscheinlichkeit nach noch nicht einmal am Leben war.

…vermutlich. Cassies Verständnis des alten Italienisch war lückenhaft, aber sie war sich ziemlich sicher, dass die *Apocrypha* darauf hindeutete, dass das Letzte Licht erst empfangen werden würde, nachdem das Dritte Licht entdeckt worden war. Während sie das gedanklich durchging, quälte sich Cassie noch durch einige weitere Kapitel des Buches. Als sie keine weiteren spezifischen Hinweise auf den Zweck oder Schicksal des Letzten Lichtes fand, gab sie auf und schlenderte davon, um Cairn zu suchen in der Hoffnung auf ein wenig Unterhaltung, die keine Prophezeiungen involvierte, die sie wahrscheinlich ohnehin nicht verstehen konnte.

10

Dominic „Pere Mal" Malveaux lehnte sich in einem Samtsessel in der Ecke der *Carousel Bar* zurück und nippte an einem Sazerac. Er trank einen Schluck des bittersüßen Whisky-Cocktails, starrte tief in das Glas und schwenkte die übrigen Eiswürfel darin. Seine Pläne schritten nicht so voran, wie er es sich vorgestellt hatte, und das war allein die Schuld dieser verdammten Wächter. Die dämlichen Bärengestaltwandler steckten ihre Schnauzen in Dinge, die sie nicht verstanden, und das Ergebnis könnte verheerend für Pere Mal sein.

Nichts in dieser Welt war umsonst. Wenn man etwas stark genug wollte, insbesondere wenn es dabei um einen großen Batzen Macht ging, fielen bestimmte Schulden an. Pere Mal hatte einige wirkliche hohe Schulden und seine Gläubiger waren weder geduldig noch freundlich.

Er hatte das Erste Licht verloren, die hübsche Blondine, die sich auf den schottischen Wächter eingelassen hatte. Ihre Verbindung war ein unglücklicher Schlag für Pere Mal gewesen, aber er hatte sich damit abgefunden… vor allem als die Nützlichkeit des Ersten Lichts verblasst war.

Aber das Zweite Licht, Cassandra Chase, war ihm gestohlen worden. War direkt aus seinem Haus geholt worden. Das konnte er nicht durchgehen lassen. Nicht, wenn das Schicksal dieser Frau so eng mit dem Dritten und Letzten Licht verflochten war. Pere Mals Seher und Zauberer hatten nicht genau herausfinden können, wie alles verlaufen würde, aber Miss Chase sollte eine sehr, sehr wichtige Rolle in Pere Mals Zukunftsplänen spielen.

Dazu kam noch, dass sie auch das Orakel beherbergte, deren Visionen und Prophezeiungen er schrecklich vermisste. Pere Mal stellte sein Glas auf einen niedrigen Tisch und erhob sich entschlossen.

Ja, Cassandra Chase musste um jeden Preis zurückgeholt werden.

„Monsieur", sprach ihn einer seiner Männer an und näherte sich mit einer leichten Verbeugung.

„Hast du das Orakel gefunden?", fragte Pere Mal.

„Ich habe sowohl gute als auch schlechte Nachrichten", antwortete der Mann im Anzug, der aussah, als würde er sich fürchterlich anstrengen, sich unter Pere Mals Blick nicht zusammen zu kauern.

„Die schlechten Nachrichten zuerst, nehme ich mal an."

„Unsere Spione berichten, dass das Orakel und einer der Wächter… liiert sind. Vom Schicksal vorherbestimmte Gefährten, um genau zu sein", erzählte der Mann mit einer Grimasse.

Pere Mal schloss die Augen und atmete tief ein, weil er in dem glamourösen Gedränge der *Carousel Bar* keine Szene verursachen wollte. Wahrscheinlich hatte sein Handlanger aus genau diesem Grund bis jetzt gewartet, um sich ihm zu nähern. Er brauchte fast eine volle Minute, um sich zusammenzureißen, bevor er antworten konnte.

„Welcher Wächter?", fragte er schließlich.

„Wir glauben der Zauberer. Sir." Der Mann schwitzte

jetzt sichtlich, während er strammstand und auf Pere Mals Reaktion wartete.

„Ah. Mir wäre es lieber, wenn es keiner von ihnen wäre, aber ich mache mir die größten Sorgen um den anderen. Den Wikinger", seufzte Pere Mal. „Er hat irgendetwas an sich, das mir nicht gefällt."

Fürchtete, traf es wohl eher, aber Pere Mal benutzte solche Begriffe in Bezug auf sich selbst nicht mehr. Dadurch würde er schwach wirken und es war zwingend notwendig, dass seine Männer vollstes Vertrauen in ihn hatten.

„Ja, Sir. Halten Sie den Zauberer also für schwach? Meine Spione sagen, dass sie versuchen ein Kind zu zeugen, was uns weiterhelfen könnte. Oder nicht?", fragte der Angestellte.

Pere Mal bedachte ihn mit einem Grinsen. Diese Nachricht war wirklich nicht so schlecht in dem Sinne, dass er einfach noch mehr Geduld würde aufbringen müssen.

„Ich denke, alle Bärengestaltwandler werden in der Gegenwart ihrer Gefährtinnen und Nachwuchses töricht", erwiderte Pere Mal brüsk. „Das passiert nun mal, wenn man seinem Herzen folgt anstatt seinem Intellekt und Weisheit. Ich denke auch, dass uns Miss Chase, wenn sie dumm genug ist, eine Familie mit einem der Wächter zu gründen, genau die Munition liefern wird, die wir brauchen, um sie beide zu zerstören. Es ist so einfach, wirklich…"

Pere Mal dachte es einen Moment durch, dann nickte er mit tiefer Zufriedenheit. Der Handlanger wrang die Hände und wirkte obszön erleichtert.

„Du musst sie für mich unter genauer Beobachtung halten und mir erzählen, falls sich ihr Status auf irgendeine Weise verändert. Vor allem der Familienstatus, verstanden?"

„Natürlich, natürlich."

„Nun? Wie lautet die gute Nachricht?", hakte Pere Mal nach, der schon wieder zornig wurde.

„Sie haben verlangt, dass wir in der Kristallkugel nach

dem Letzten Licht suchen. Ich glaube, Sie haben eine scheinbar unmögliche Abstammung erwähnt? Wir haben gefunden, wonach Sie gefragt haben."

Der Angestellte zog einen Stapel glänzender Fotos heraus, damit Pere Mal sie durchsehen konnte. Dieser lachte beinahe, als er die Bilder sah.

„Soll ich etwas unternehmen, Monsieur?", fragte der Mann.

„Nein", antwortete Pere Mal grinsend. „Nein, lass die Sache auf sich beruhen. Es wäre viel besser, keine Aufmerksamkeit auf die Situation zu lenken. Wenn niemand sucht, gibt es auch kein Problem, n'est-ce pas?"

„Ja, Sir."

„Der Ort, an dem die Wächter leben, wie wird er genannt?"

„Ich weiß es nicht, Sir."

„Ich brauche alle Informationen, die du darüber in Erfahrungen bringen kannst. Schleuse jemanden ein, jemanden, der sich mit Magie auskennt. Ich muss alles über diesen Ort wissen und über die Bewegungen des Orakels."

„Selbstverständlich, Monsieur."

„Du kannst gehen. Sag der Kellnerin, dass sie mir noch einen Sazerac bringen soll", befahl Pere Mal und scheuchte den Mann fort.

Er lehnte sich wieder zurück in seinen Sessel und nahm sein Glas erneut in die Hand, das er mit dem letzten Schluck leerte. Die Dinge fingen an, sehr gut für Dominic Malveaux auszusehen.

In der Tat sehr gut.

11

Gabriel lag auf dem Rücken und Cassie war eng an seinen Körper geschmiegt, während sie schlief. Sie murmelte und bewegte sich im Schlaf, warf ihre Arme über seine Brust und umarmte ihn fest. Suchte Wärme und Geborgenheit, genau die Dinge, die ein Gefährte vermitteln sollte.

Als er eine Hand ausstreckte, um eine flammendrote Locke zur Seite zu streichen, die in Cassies Gesicht gefallen war, hatte Gabriel damit zu kämpfen, den Beschützerdrang, der sich in ihm regte, in Zaum zu halten. Es waren erst zwei Monate vergangen, seit er sie markiert und Cassie auf die Art der Gestaltwandler zu seiner Gefährtin gemacht hatte.

Sein Ring funkelte an ihrem Finger, ein Symbol des Versprechens, das Gabriel Cassie gegeben hatte. Das Versprechen, den Namen Thorne zu erhalten, der die Erinnerungen an ihre eigene lieblose Familie verjagen würde. Das Versprechen einer Sommerhochzeit im folgenden Jahr, die doppelt so aufregend wurde, als Echo und Rhys Cassies Einladung, eine Doppelhochzeit daraus zu machen, akzeptiert hatten. Und am Allerwichtigsten: eine Familie, sobald Cassie eine wollte.

Vor drei Wochen hatte Cassie sich mit Gabriel hingesetzt und seine Hand genommen. Dann hatte sie ihm erzählt, dass sie sich ihr Verhütungsstäbchen herausnehmen hatte lassen. Nachdem er die Existenz eines körperlichen Implantates zur Empfängnisverhütung verdaut hatte, war Gabriel kurz darauf bewusst geworden, dass Cassie ihm damit mitteilen wollte, dass sie bereit war, eine Familie zu gründen. Oder zumindest anfangen wollte, es zu *versuchen*.

Und sie hatten es versucht, an jedem vorstellbaren Ort und in jeder vorstellbaren Stellung, so lange sie beide in der Nacht wach bleiben hatten können. Manchmal auch den Großteil des Tages, wenn Gabriel nicht auf Patrouille gewesen war. Sein Verlangen nach Cassie schien jedes Mal, nachdem er sie gehabt hatte, nur noch zu wachsen. Die Flammen loderten immer höher, während er die Geheimnisse ihres Körpers erforschte und entdeckte, wie er sie am besten verwöhnen konnte, um sie beide zu einem erschütternden, heftigen Höhepunkt zu bringen...

Ein Schmunzeln verzog Gabriels Lippen, als er an die zahlreichen Stunden des *Versuchens* dachte, die zu seiner aktuellen Verfassung völliger Erschöpfung geführt hatten und die auch der Grund dafür waren, dass Cassie sich gerade im, wie Gabriel es nannte, Tiefschlaf der Befriedigten befand. Der Schlaf lockte auch Gabriel, doch beunruhigende Gedanken hielten ihn davon ab, ihm nachzugeben.

Die Dinge zwischen Cassie und ihm waren hauptsächlich wunderbar. Sie stritten einzig und allein wegen dem mangelnden Fortschritt der Wächter bei der Suche und Zerstörung des Vogelkäfigs. Die Wächter hatten bisher drei verschiedene Häuser überwacht in dem Versuch, Pere Mals geheimes Gefängnis zu finden.

Er konnte sich nicht hin und her wälzen, wenn er seine schlafende Gefährtin nicht wecken wollte, doch in Gabriels Kopf spielten sich immer wieder verschiedene Szenen ab:

die Worte des Orakels über Gabriel, der Cassie ein Kind schenken sollte; der Morgen, an dem Gabriel seine Mutter tot aufgefunden hatte, nachdem das Scharlach sie in der Nacht geholt hatte; der Moment, in dem er zu seiner Schwester Caroline gerannt war, um ihr von ihrer Gelegenheit auf Reichtum zu erzählen, nur um dann herauszufinden, dass er sie in einem Moment der Gedankenlosigkeit getötet hatte.

Mann. Bär. Zauberer. Wächter. Gefährte. Gabriel war all diese Dinge und mehr, aber ein Vater?

Seine Fäuste ballten sich und er atmete tief ein in dem Versuch, sich zu beruhigen. Sein Gefährtenband mit Cassie wurde mit jedem Tag stärker und manchmal war sie sogar in der Lage, seine Laune zu spüren, ohne im gleichen Raum mit ihm zu sein. Er hatte sie gut und wahrhaftig erschöpft, indem er ihnen beide jedes Fünkchen Lust entlockt hatte, und sie verdiente ihre Ruhe.

Das und Gabriel konnte den Gedanken nicht ertragen, dass Cassie von seinen Zweifeln erfuhr. Es war, als würde das bloße Aussprechen seiner Bedenken, ihn angreifbarer für seine dunkelsten Befürchtungen machen. Er hatte noch nicht einmal ein Kind, konnte unmöglich eines haben, doch das hielt die Ängste nicht davon ab, in seinem Herzen Wurzeln zu schlagen.

Einerseits machte sich vermutlich jeder Mann Sorgen bei der Aussicht, ein Kind in die Welt zu setzen. Sie war ein gefährlicher Ort, vielleicht sogar noch gefährlicher als die Welt, in der Gabriel aufgewachsen war. Cyberangriffe, Atomwaffen, Bioterrorismus… die Liste war endlos. Man füge dem noch Gabriels scheinbares Unvermögen hinzu, diejenigen zu beschützen, die er liebte, und schon war die Aussicht auf eine Vaterschaft absolut furchteinflößend.

Andererseits war Gabriel ein Alpha Wächter. Mit seinem Status ging eine gewisse Verantwortung einher, die wiederum zu Konflikten führte, welche ihm Feinde einbrachten. Selbst jetzt war Pere Mal bestimmt irgendwo dort draußen in der Welt, versteckte sich in den Schatten und heckte etwas Grauenhaftes aus. Gabriel hatte Pere Mal etwas weggenommen, der Cassie als ein 'Besitztum' betrachtete. Der Bösewicht würde sicherlich nicht einfach vergeben und vergessen, aber Gabriel hatte nicht die geringste Ahnung, wie Pere Mal zurückschlagen könnte.

Gabriel ließ seinen Lippen ein Seufzen entwischen und beschloss, dass er mit Mere Marie darüber sprechen würde, die Schutzzauber des Hauses zu verstärken. Vielleicht sollten sie sogar darüber nachdenken, ein paar Wachen für das Herrenhaus einzustellen für die Zeiten, zu denen alle Wächter zu einem großen Kith-Notfall gerufen wurden.

„Gabe?", fragte Cassie verschlafen und blinzelte zu ihm hoch. „Ist alles in Ordnung?"

„Ja, natürlich", antwortete Gabriel und fühlte sich zugleich schuldig.

„Du strahlst eine ganz schön ängstliche Unruhe aus", sagte Cassie, die ein Gähnen unterdrückte.

„Ich denke nur nach. Es ist nichts, wirklich."

„Mmmhmm", sagte Cassie und tätschelte abwesend seine Brust. „Wie wär's damit? Du rollst dich auf den Bauch und ich massiere dir den Rücken, bis du einschläfst?"

Ihr Vorschlag war nicht das Beste, das er jemals gehört hatte, aber er wärmte ihn von innen heraus. Er drückte einen Kuss auf Cassies Lippen und fragte sich, wie er nur so ein großes Glück hatte haben können, sie als Gefährtin zu bekommen.

„Mir geht's gut, Darling. Ich verspreche es. Schlaf einfach weiter, okay?"

Cassie kuschelte sich wieder an ihn und zeichnete mit ihren Fingerspitzen kleine Kreise auf seine Brust. Langsam entspannte sich Gabriel, während ihre Berührung ihn beruhigte, bis er schließlich einschlief. Seine Sorgen glitten davon wie Schatten vor der Sonne. Sie würden wiederkehren, das war so sicher wie das Amen in der Kirche. Für den Moment konnte er sie jedoch einfach ziehen lassen und die Streicheleinheiten seiner Gefährtin genießen.

*G*abriel rieb sich über das Gesicht und bemühte sich, Rhys aufmerksam zuzuhören, während der andere Wächter zum gefühlt zehnten Mal ihren momentanen Wissensstand über die Drei Lichter durchging. Er hatte nur wenig geschlafen, da er früh aufgewacht war und dann Ryhs und Aeric unten bei der Arbeit vorgefunden hatte. Gemeinsam hatten sie Kaffee getrunken und versucht einen möglichen Zeitplan für Pere Mals zukünftige Aktionen zu erstellen.

„Da seid ihr drei", sagte Mere Marie, die in das Wohnzimmer des Herrenhauses schlenderte und zum Konferenztisch lief, an dem die Wächter über ihrer Aufgabe brüteten. Gabriel konnte bereits erkennen, dass sie schlechte Laune hatte, weil sie mit finsterer Miene zu ihnen kam.

„Gabriel erzählt uns gerade, was Cassie über das so genannte Letzte Licht herausgefunden hat", erklärte Rhys.

„Ich möchte, dass ihr euch in eure Kampfmontur werft und den Vogelkäfig knackt", verkündete Mere Marie, die absolut desinteressiert wirkte. „Hier herumzusitzen und über ungeborene Lichter zu reden bringt mir nichts."

„Ich könnte mir vorstellen, dass Pere Mal, wenn er von der Möglichkeit eines Wesens weiß, das das Schicksal der Welt entscheiden kann, bestimmt großes Interesse daran hätte, dieses Wesen zu finden und großzuziehen, damit es seine Wünsche erfüllt", merkte Gabriel an.

Mere Maries Lippen wurden schmal, doch seine Erwähnung von Pere Mal hatte ihr Interesse geweckt.

„Wie genau entscheidet das Letzte Licht das Schicksal der Welt?", wollte sie wissen und ihr Blick fokussierte sich wie ein Laser auf Gabriel. Nur wenige Menschen auf der

Welt hatten die Macht, dafür zu sorgen, dass Gabriel befangen auf seinem Platz herumrutschte, aber Mere Marie war einer von ihnen.

„Die *Apocrypha* ist in diesem Punkt undeutlich", gestand er. „Sie sagt nur, dass das, äh, Kind, eine Doppelnatur haben wird, weil es mit Eigenschaften seiner Mutter und Vater geboren werden wird. Gut und Böse werden eine Schlacht wegen dem Kind führen und wer auch immer das Kind beeinflusst, wird entscheiden, ob das Reich der Menschen bestehen bleibt oder unter die Herrschaft der Dämonen fällt."

„Ahhhhh", sagte Mere Marie. „Wenn Pere Mal von dem Letzten Licht weiß, würde das erklären, warum er so erpicht darauf ist, die Tore von Guinee zu finden. Wenn er das Reich der Geister öffnet, ist er womöglich in der Lage, die Geister seiner Vorfahren zu nutzen, um die Herrschaft an sich zu reißen. Dann hätte er Macht, etwas, das er mit der Seite, welche auch immer das Letzte Licht gewinnen mag, tauschen könnte."

„Er sichert sich nach allen Seiten ab", meinte Gabriel, der langsam die einzelnen Teile zusammenpuzzelte. „Dann glaubt er also, dass die Dämonen gewinnen könnten. Warum sollte er sich sonst so sehr anstrengen? Der Status Quo steht momentan zu seinen Gunsten."

Mere Marie blickte Gabriel wütend an, aber wieder hatte sie nichts zu entgegnen.

„Das ist ja alles schön und gut, und wir sollten davon ausgehen, dass er nach dem Letzten Licht sucht. Das ändert aber nicht die Tatsache, dass ich möchte, dass ihr drei euch bereit zum Kämpfen macht", verkündete sie und schlug mit der Hand auf den Tisch. „Der Vogelkäfig wird auseinandergenommen, heute Nacht."

„Ja Ma'am", sagten Gabriel und Rhys, während Aeric lediglich nickte.

Mere Marie wandte sich ab, um davonzulaufen, dann zögerte sie.

„Ich würde bei der Evakuierung der Frauen aus dem Vogelkäfig sehr vorsichtig sein", warnte Mere Marie. „Aufgrund dessen, dass bereits zwei von euch ihre Gefährtin im Ersten und Zweiten Licht gefunden haben, habe ich guten Grund zur Annahme, dass das Dritte Licht auch bald in Erscheinung treten wird."

Mere Marie stolzierte von dannen und überließ es Gabriel und Rhys, Aeric anzustarren, dessen Mund sich in einem stummen Ausdruck von Schock geöffnet hatte. Es dauerte einige lange Sekunden, aber schließlich stieß sich der Wikinger vom Tisch ab und sah geradezu außer sich vor Zorn aus.

„Niemals!", verkündete Aeric. Dann stiefelte er aus dem Raum, trampelte in den Garten und zum Fitnessraum. Vermutlich befolgte er Mere Maries Befehle, sich für den Kampf bereit zu machen.

Gabriel und Rhys blickten einander für eine Millisekunde an, bevor sie ungläubig kicherten.

„Ich bemitleide die Frau, die ihn als Gefährten bekommt", sagte Rhys und schüttelte den Kopf, während er sich erhob, um Aeric zu folgen.

„Wenn sie unseren Gefährtinnen auch nur im Entferntesten ähnelt, dann habe ich noch größeres Mitleid mit ihm", murrte Gabriel.

„Grundgütiger, lass das bloß nicht Echo hören. Sie ist sowieso schon sauer auf mich, weil ich ihr zu unserem Dreimonatigen nichts geschenkt habe. Ich wusste nicht einmal, dass das ein besonderes Ereignis ist!", lamentierte Rhys.

Gabriel zog eine Braue hoch und schüttelte dann den Kopf.

„Ich nehme es zurück. Ich habe größeres Mitleid mit den Frauen", sagte Gabriel und schlug Rhys auf den Rücken.

„*Aye*, dann halt dich raus", erwiderte Rhys liebenswürdig, als sie den Fitnessraum erreichten.

Sobald sie in ihren schwarzen Uniformen und Kampfwesten steckten, die Schwerter in ihren Scheiden und die Pistolen in ihren Holstern, gingen sie noch einmal ihren Plan zur Zerstörung des Vogelkäfigs durch. Anschließend stiegen sie in ihren SUV und Gabriel war überrascht ein neues Gesicht auf dem Fahrersitz vorzufinden. Ein dunkelhaariger Bärengestaltwandler erwartete sie, so groß und unerschütterlich wie jeder der Wächter. Er war genauso gekleidet wie Gabriel, allerdings ohne die Waffen.

„Wer zum Henker bist du?", blaffte Aeric, der offenkundig genauso schockiert war.

„Beruhig dich", sagte Rhys und hob eine Hand. „Mere Marie möchte nicht mehr, dass uns Duverjay zu Missionen fährt. Also haben wir jetzt einen Helfer. Das ist Asher. Asher, Gabriel und Aeric."

Asher blickte in den Rückspiegel und nickte ihnen knapp zu, ehe er den SUV vom Parkplatz lenkte. Gabriel und Aeric gingen ihren Plan ein letztes Mal durch, um auch die letzten Fehler auszubügeln, und dann breitete sich für fast zehn Minuten Schweigen aus.

„Also… woher kennst du Mere Marie?", fragte Gabriel, der neugierig auf den schweigsamen Bärengestaltwandler war, der ihr Fahrzeug steuerte. Er wirkte irgendwie militärisch. Da war etwas an der Art, wie er sich hielt, angespannt und gewappnet für Probleme.

„Ich würde nicht sagen, dass wir einander kenn –"

Es gab einen ohrenbetäubenden Knall, als ein Auto die rechte Vorderseite des SUV rammte und ihn wie einen Kreisel drehte. Gabriels Kopf schlug gegen das Seitenfenster, wodurch seine ganze Welt mehrere lange Sekunden weiß wurde. Er blinzelte, bis seine Sicht zurückkehrte und dann sah er, dass Asher und Rhys wachsam aus dem Auto stiegen.

„Bist du okay?", fragte Gabriel Aeric, der eine Grimasse zog, als hätte er Schmerzen.

„Prima", antwortete Aeric.

„Aeric –"

„Man hat uns eine Falle gestellt", sagte Aeric. „Schau, Pere Mals Männer kommen auf uns zu. Verlass sofort das Auto, verdammt nochmal."

Gabriels Aufmerksamkeit schnellte nach draußen und er riss seine Tür auf und stieg gerade rechtzeitig aus, um ein Dutzend Schlägertypen in Anzügen näherkommen zu sehen. Sie waren alle schwer bewaffnet, aber Gabriel war überrascht, wie wenige von ihnen anwesend waren.

„Irgendetwas stimmt hier nicht", rief er Rhys zu. „Das sind nicht annähernd genug von ihnen! Warum sollte uns Pere Mal nur ein Dutzend Männer entgegen schicken?"

Rhys nickte und wirkte unsicher. Pere Mals Männer schwärmten aus und mehrere lange Minuten dachte Gabriel an nichts anderes als den Kampf. Er zog sein Schwert und schlug vier Angreifer nieder, bevor er Aeric zur Hilfe eilte, der stark humpelte. Zwei Männer hatten den blonden Wächter eingekreist und machten sich seine Verletzungen von dem Autounfall zu nutze. Gabriel tötete einen sofort, wodurch er es Aeric ermöglichte, den anderen abzuwehren.

Innerhalb von zehn Minuten waren Pere Mals Männer alle tot oder verschwunden. Sie hatten die Wächter in einem Wohngebiet angegriffen, weshalb bereits neugierige Menschen zum Unfallort schwärmten wie Fliegen, die von Honig angezogen wurden.

„Wir müssen weiter", drängte Asher sie. „Jemand hat bereits die Polizei verständigt. Das kann ich euch versprechen."

„Nicht zum Auto", sagte Rhys, als sie auf ihren Wagen zuliefen. „Sie haben ihm wahrscheinlich einen Peilsender verpasst. Wir brauchen ein anderes Fahrzeug."

Zu Gabriels Überraschung, zog Rhys sein Handy heraus und schaffte es, dass in weniger als fünf Minuten ein Polizeiwagen an den Straßenrand fuhr.

„Ich möchte nicht einmal wissen, wie du das geschafft hast", brummte Asher Rhys zu, während er den Polizisten beäugte, der sie in halsbrecherischem Tempo zurück zum Herrenhaus fuhr.

„Wir werden uns im Fitnessraum ausziehen und alles untersuchen müssen, das wir gerade anhaben", mischte sich Aeric ein. Er betrachtete Asher misstrauisch. „Und der Neue wird befragt werden müssen."

„Er hat den Schwur abgelegt, genauso wie wir", informierte Rhys Aeric.

„Er *was*!?", stotterte Gabriel. „Mere Marie hat uns nicht erzählt, dass es noch einen Wächter gibt!"

„Ich glaube, er ist noch kein Wächter", entgegnete Rhys und verschränkte die Arme. „Eher ein möglicher Rekrut."

„Ich bin übrigens genau hier", fauchte Asher. „Ich kann euch hören."

Aeric musterte den Fremden einen Augenblick.

„Wenn du irgendeine andere Möglichkeit hast, deine Schuld zu begleichen, dann schließ dich den Wächtern nicht an", riet Aeric Asher. „Sie ist die launischste Mistress von allen."

Ein Muskel an Ashers Kiefer zuckte, aber er antwortete nicht, sondern entschied sich stattdessen dafür, aus dem Fenster zu schauen. Sie parkten vor dem Herrenhaus und stiegen aus dem Wagen.

Gabriel verfiel in einen Trab, weil er plötzlich erpicht darauf war, Cassie zu sehen. Rhys war ihm direkt auf den Fersen, aber beide kamen schlitternd zum Stehen, als sie die Marmortreppe des Herrenhauses erklommen.

„Wo sind die Schutzzauber?", wunderte sich Gabriel, während er an der Villa hochschaute. Sie lag still und ruhig da, was in ihm die Frage aufwarf, ob Mere Marie nur an den Schutzzaubern herumwerkelte, die das Herrenhaus und seine Bewohner schützten.

„*Shite*", fluchte Rhys und rannte los.

Die Wächter platzten mit vollem Karacho in das Herrenhaus, dessen Tür sie leicht geöffnet vorfanden.

„Echo!", schrie Rhys. „Echo, wo bist du?"

Nichts.

„Cass! Duverjay", brüllte Gabriel und rangelte mit Rhys, weil sie sich gleichzeitig in das Wohnzimmer des Erdgeschosses drängen wollten. Es war leer, aber die Glastüren zum Garten waren weit geöffnet. Eine Glasschale mit gewürfeltem und vorbereitetem Obst lag auf dem Boden und Gabriel entdeckte Duverjays bewusstlosen Körper daneben.

„Er lebt", informierte Gabriel Rhys, der bereits in den Garten lief.

„Geh nach oben!", rief Rhys über seine Schulter.

Gabriel wandte sich ab, um den Befehl auszuführen, aber hörte ein leises Geräusch von draußen. Er lief zurück und nach draußen, dann folgte er Rhys in den Fitnessraum.

Echo kauerte direkt hinter der dicken Stahltür des Fitnessraumes, die verbeult und verbogen war, als bestünde sie nur aus einer dünnen Aluminiumplatte. Rhys kniete sich vor sie und zog seine Gefährtin auf seinen Schoß, rieb sein Gesicht an ihrem und streichelte sie, während sie schluchzte.

„Sie haben, sie haben nur sie mitgenommen!", weinte Echo.

„Wen mitgenommen? Mere Marie?", fragte Gabriel.

„Nein, Cassie. Sie haben Cassie mitgenommen", wimmerte Echo. „Sie haben versucht, mich auch mitzunehmen, aber ich habe mich hier eingeschlossen, bis sie aufgegeben haben."

Gabriel machte einen Satz und sah sich wild um. Obwohl er Echos Worte nur allzu deutlich gehört hatte, hielt ihn das nicht davon ab, zurück zum Haus zu spurten und das Herrenhaus panisch Stockwerk für Stockwerk zu durchsuchen.

„Gabriel, du musst aufhören", sagte Aeric, als Gabriel erfolglos versuchte, in Mere Maries Gemächer im obersten Stockwerk einzubrechen. „Sie ist nicht dort drinnen."

„Wo ist Mere Marie?", verlangte Gabriel zu wissen, lehnte sich gegen die stabile Eichentür und rutschte daran zu Boden. „Wie konnte sie das Herrenhaus nur ohne Schutz lassen?"

„Sie konnte nicht wissen, dass es Pere Mal gelingen würde, hier einzudringen", erklärte Aeric. Gabriel konnte die Weisheit in den Worten des Wikingers sehen, aber die Logik war jetzt trotzdem an ihm verloren.

„Was soll ich nur tun?", fragte Gabriel und fuhr sich mit den Händen durch die Haare. „Ich muss sie finden, Aeric. Sie ist meine Verantwortung und ich habe sie im Stich gelassen."

Aeric schnaubte laut.

„Ich würde damit anfangen, mit einem magischen Spiegel nach ihr zu suchen, meinst du nicht?", schlug der blonde Wächter vor. „Besser früher als später. Ich habe den besten magischen Spiegel in meiner Bibliothek. Hol etwas von ihren Sachen, etwas Persönliches, und wir werden einige Lokalisierungszauber wirken."

„Richtig", stimmte Gabriel zu und bemühte sich, sich am Riemen zu reißen. Er musste praktisch denken und besonnen vorgehen, auch wenn er im Moment nur daran denken konnte, Pere Mal mit seinen bloßen Händen auf die blutigste, grausamste Weise umzubringen. „Ich bin in einer Minute unten. Lass mich nur schnell etwas von Cassie holen…"

Aeric nickte und verschwand und Gabriel ging in sein Schlafzimmer. Er stoppte und nahm eine von Cassies Lieblingsblusen, dann legte er sie beiseite. Nicht persönlich genug. Er marschierte ins Bad und entschied sich für ihre Haarbürste, die so persönlich war, wie es nur ging. Er machte Anstalten, sie vom Waschbecken zu nehmen, wobei er sie ungeschickt zu Boden stieß, sodass sie über den Marmorfußboden schlitterte.

Gabriel folgte ihr mit einer geknurrten Beschwerde und ging in die Hocke, um sie aufzuheben. Er hielt inne, weil er ein langes Plastikstück auf dem Boden neben dem Mülleimer liegen sah. Es sah so ähnlich wie eine Zahnbürste aus, aber ohne Borsten. Er hob es auf und drehte es um.

„Hormonspiegeltest", las er die Beschriftung auf dem Stäbchen laut vor, wobei er das kleine Kästchen am Ende bemerkte. Darin befand sich ein großes blaues Pluszeichen, aber Gabriel konnte sich keinen Reim darauf machen. Er runzelte die Stirn und warf es in den Müll. Erst da sah Gabriel die Verpackung. *Früher Schwangerschaftstest* stand auf der Schachtel.

Die Haarbürste fiel ihm aus der Hand, war vergessen.

Cassie war… schwanger?

12

Die erste Empfindung, die Cassie verspürte, war merkwür-
digerweise Taubheit. Sie schwebte in einem undurchdringli-
chen Nebel, während sich ihr Geist langsam aus dem
wunderbar tauben Zustand der Bewusstlosigkeit schälte.

Dann kam der Schmerz.

Cassie schnappte nach Luft und kam zu sich, nur um
festzustellen, dass sie von den Schultern bis zu den Füßen
fest verschnürt war, wobei ihre Arme vor ihrer Brust
verschränkt waren wie bei einem Pharao, der auf sein
Begräbnis wartete. Dünn gedrehte Seile drückten sich in
ihre Handgelenke, Hüften und Knöchel. Die Seile schnitten
ihre empfindliche Haut an manchen Stellen auf und unter-
brachen die Blutzufuhr ihrer Finger und Zehen, was das
Taubheitsgefühl und den Schmerz erklärte.

Sie stand aufrecht, ihr Rücken war gegen einen kalten,
rauen Stein gepresst. Ihre Füße waren nackt und sie trug
nichts außer der dünnen Seidenrobe, die sie im Herrenhaus
getragen hatte… und eine Augenbinde. Der Teil war neu.
Wie war sie zu einer Augenbinde gekommen?

Es dauerte einen Moment, bis Cassie sich erinnerte. Die

Entführung fiel ihr allmählich wieder ein oder zumindest kleine Erinnerungsfetzen. Sie erinnerte sich daran, dass sie von Daisy, der neuen Dienstmagd im Herrenhaus, ein Tablett mit heißem Grüntee erhalten hatte. Sie erinnerte sich, wie sie das Gesicht verzogen hatte, als der Tee ihren Mund und Kehle betäubt hatte. Sie erinnerte sich, einen Mann in einem dunklen Anzug gesehen zu haben und dass ihr Gehirn immer langsamer geworden war, während sie versucht hatte, zu fliehen und zu verstehen, warum der Mann sie hochhob und fortbrachte…

Allein der Gedanke an die bitteren Kräuter, die ihrem Tee beigemischt worden waren, drehten ihr den Magen um. Sie würgte trocken, unfähig sich zu bewegen. Nachdem der Anflug von Übelkeit vorüber war, galt ihr erster Gedanke dem Baby. Hatten die Kräuter dem Baby geschadet?

Ihre Entführer sollten besser hoffen, dass das nicht der Fall war. Ansonsten konnten sie sich auf eine ganze Welt aus Schmerzen gefasst machen. Nein, den Tod. Cassie hatte noch nie zuvor einen Menschen oder ein Kith-Wesen getötet, nur Dämonen, aber sie würde eine Ausnahme machen. Sie konnte sich sogar den Geschmack deren Blutes auf ihrer Zunge vorstellen, was ihren Magen knurren ließ. Das wiederum ekelte sie an und führte zu einer weiteren Runde nutzlosen Würgens.

Cassie wartete, bis sie vorüber war, und konzentrierte sich dann auf ihre Umgebung. Sie wackelte mit den Füßen, wodurch sie schnell bemerkte, dass sie auf Gras stand. Sie wand sich in ihren Fesseln in dem Versuch, sich zu befreien, und wurde mit einem leisen Glucksen belohnt.

Eisige Gänsehaut breitete sich auf ihrem gesamten Körper aus. Sie kannte diese Stimme, kannte sie nur allzu gut.

„Pere Mal", ächzte Cassie.

Die Augenbinde wurde ihr vom Kopf gerissen und sie blinzelte in die vom Mondlicht hell erleuchtete Nacht.

Überall um sie herum standen Mausoleen und hoch aufragende Statuen, die Gräber bewachten. Cassie zitterte, ein Schauder nackter Angst rann durch ihre Adern.

„Ich habe mich gefragt, wann du aufwachen würdest, Orakel." Pere Mal bedachte sie mit einem kühlen Lächeln und Cassie starrte verwirrt zurück.

„Wo bin ich?", fragte sie. „Meine Güte, ist das ein vermaledeiter Friedhof? Warum sind wir in der Nacht auf einem Friedhof? Oh Gott, bin ich an einen Grabstein gefesselt?"

Sie zerrte abermals an ihren Fesseln, obwohl sie wusste, dass ihre Fluchtchancen gleich null waren. Und tatsächlich, sie war an ein massives Steinkreuz gefesselt.

„Cassandra, Cassandra. Du enttäuschst mich", schalt Pere Mal sie. „Erkennst du die Tore von Guinee nicht, wenn du sie siehst? Wir sind auf dem St. Louis Friedhof, beim Dritten Tor. Das solltest du wissen, so oft wie wir über die Tore gesprochen haben." Er machte einen langen Moment eine Pause, während derer Cassie versuchte, seine Worte zu verarbeiten, dann sprach er weiter: „Du warst eins meiner liebsten Trümpfe, weißt du. Ich habe dich sehr viel besser behandelt als die meisten."

Cassies Oberlippe kräuselte sich angewidert.

„Ich bin eine Person, kein Besitz, du kranker Scheißkerl. Du kannst nicht einfach einen Menschen gefangen halten. Das ist falsch."

Pere Mals Augenbrauen hoben sich vor scheinbar ehrlicher Überraschung.

„Meine Liebe, wir haben eine Vereinbarung getroffen. Du wolltest das Blutbordell verlassen. Ich wollte, dass du mir Visionen schenkst. Und wir trafen eine Vereinbarung!"

„Ich war ein Kind, als ich zustimmte, und mir stand der Tod bevor. Was hast du denn gedacht, wie viele Jahre ich dir ohne Beschwerden dienen würde?", erkundigte sich Cassie, in deren Adern Wut brodelte.

„Ich habe von dir erwartet, dass du die Bedingungen unserer Vereinbarung erfüllst, wie wir sie ausgehandelt haben. Du hast einen Vertrag unterschrieben, Cassandra. Wenn jeder seinen Vertrag so einfach missachten würde, wäre die Welt ein schlimmer Ort." Bevor Cassie antworten konnte, fuhr Pere Mal fort: „Aber das ist jetzt egal. Du hast mir bewiesen, dass auf dein Wort kein Verlass ist. Deswegen ziehe ich meinen Teil der Vereinbarung zurück, so wie du es auch getan hast."

„Du machst was?", fragte Cassie.

„Ich bringe dich zurück in das Bordell", erklärte Pere Mal. Er trat näher, fuhr mit einem Finger über ihren nackten Arm und zeichnete ihre Narben nach. „Normalerweise würde ich mir einfach nehmen, was ich will und dich deinem erbärmlichen mickrigen Leben überlassen, aber du warst unehrenhaft. Du bist so hübsch geworden, seit sie zum letzten Mal von dir getrunken haben, Cassandra. Ich denke, die Vampire werden dich mit offenen Armen willkommen heißen, was meinst du?"

Zu ihrer Schande begann Cassie erneut zu würgen. Ihr Magen war noch nie zuvor so empfindlich gewesen und jetzt verriet er ihrem schlimmsten Feind ihre Angst.

„Morgenübelkeit?", erkundigte sich Pere Mal und tätschelte ihren Arm.

Cassie erstarrte und ihre Augen hoben sich langsam, um seinen zu begegnen.

„Was hast du gesagt?", fragte sie.

„Es ist witzig, dass man es Morgenübelkeit nett, oder? Ich habe gehört, dass es zu jeder Tages- und Nachtzeit passieren kann. Beispielsweise auch um Mitternacht", sagte Pere Mal und deutete zu dem Vollmond hoch.

„Ich – ich weiß nicht, wovon du sprichst", stotterte Cassie.

„Lügnerin. Und noch dazu eine schlechte." Pere Mal blickte auf seine elegante Platinarmbanduhr und schnalzte mit der Zunge. „Wir haben keine Zeit mehr. Ich hatte so sehr gehofft, dass dein Wächter rechtzeitig auftauchen würde, um die Show zu sehen, aber ich glaube, er ist zu langsam. Eine Schande."

Pere Mal führte zwei Finger an seine Lippen und stieß einen schrillen Pfiff aus, der mehrere Gestalten in dunklen Roben aus den Schatten lockte.

„Was machst du?", fragte Cassie, während sie ihre Handgelenke an das Steinkreuz schob und versuchte, das Seil daran zu reiben in der Hoffnung, es dadurch durchzureiben und sich zu befreien. Das war natürlich sinnlos. Sie hatte nicht einmal annähernd genügend Zeit dafür.

„Ich kann das Orakel doch nicht einfach den Vampiren überlassen", sagte Pere Mal und schnalzte abermals mit der Zunge. „Ich werde sie entfernen und in einem… *willigeren* Gefäß unterbringen müssen."

Er klatschte in die Hände und zwei weitere Männer in dunklen Roben erschienen, die eine bewusstlose Frau zwischen sich trugen. Sie war schmal und blass, ihre rabenschwarzen Locken ergossen sich über das dünne weiße Kleid, das sie trug.

„Alice!", schrie Cassie und Tränen traten ihr in die Augen, als sie ihre Freundin schlaff und scheinbar leblos daliegen sah.

Pere Mals Augen weiteten sich einen Moment, dann bleckte er vor Cassie die Zähne.

„Natürlich kennt ihr zwei euch irgendwie", zischte Pere Mal. „Unruhestifterinnen, ihr alle beide. Nun, jetzt nicht mehr. Nach heute Nacht werde ich zwei Probleme aus meinem Leben ausgemerzt haben. Dauerhaft."

Cassie versuchte, ruhig zu bleiben und sich daran zu erinnern, dass das Orakel sich erheben würde, um sie zu beschützen, in dem Moment, in dem sie eine Bedrohung für ihr Leben spürte. Sie zwang sich dazu, reglos und still zu sein, während Pere Mals Männer Alice auf den Boden legten. Ihr Körper wirkte zerbrechlicher denn je, als sie sie säuberten und einölten.

„Was wirst du mit ihr machen?", platzte es nach einigen Minuten aus Cassie heraus, als sie sich nicht länger zurückhalten konnte.

„Mit ihr?", fragte Pere Mal. „Nichts, das sie nicht verdient hat. Sie wird körperlich unbeschadet bleiben. Du andererseits…"

Pere Mal zückte einen langen, gefährlich aussehenden Dolch.

„Ich werde dir alles nehmen, kleine Cassandra. Wenn ich dich schließlich den Vampiren zum Fraß vorwerfe, wirst du den Tod herbeisehnen", informierte Pere Mal sie.

Pere Mal streckte die Hand aus und fuhr mit der Dolchspitze ihren Kiefer und Kehle entlang, aber ritzte die Haut nicht. Cassie schloss die Augen und versuchte, das Orakel herbeizurufen, aber Pere Mal durchbrach ihre Konzentration.

„Das Orakel kann dich jetzt nicht beschützen, Cassandra. Du bist nicht mehr diejenige, die sie beschützt."

Cassie starrte ihn verständnislos an.

„Was meinst du?", wollte sie wissen.

„Dein Kind, Cassandra. Ehrlich, ich dachte du wärst so schlau zu wissen, dass das Orakel auf deine Tochter übergehen wird."

Tochter.

Das Wort traf Cassie wie ein Tritt in den Magen und sie brach in Tränen aus. Wovon in Dreiteufelsnamen sprach Pere Mal? Schlimmer, was würde er mit ihrem Baby machen?

„Weinen wird dir nicht helfen", verkündete Pere Mal, der erneut auf seine Uhr blickte. „In weniger als einer Viertelstunde beginnt die Zeremonie. Die Tore werden sich öffnen, die Geister werden zu meiner Hilfe kommen und dann werde ich haben, was ich will."

„Und was ist das?", fragte Cassie durch ihre Tränen.

„Du hast dem Orakel ein neues Leben geschenkt", sagte Pere Mal und legte den Kopf schief, während er Cassies ausgestreckten Körper betrachtete. „Dadurch hast du ihr eine Seele, einen Geist gegeben. Jetzt werde ich einfach den Geist vom Fleisch trennen", erklärte er und deutete mit seinem Dolch auf Cassies Bauch.

„Nein", hauchte sie, während ein entsetzliches Verstehen ihr Gehirn flutete. „Nein, das kannst du nicht!"

„Ja. Und dann werden die Geister meiner Vorfahren das Orakel zu ihrem neuen Gefäß führen", sagte er und deutete auf Alices reglose Gestalt.

„Du würdest mein Kind töten?", fragte Cassie und begann dann zu betteln. „Willst du das Orakel so sehr? Nimm mich stattdessen. Nimm mich, nutze mein Kind als Versicherung. Ich werde nie wieder weglaufen."

Pere Mal ließ ein weiteres leises Glucksen ertönen und Cassies Herz machte einen Satz.

„Wir haben doch bereits festgestellt, dass dein Wort nichts wert ist, Cassandra. Genauso leer wie die Versprechen meiner liebreizenden Alice", sagte er und richtete den Blick auf Alice.

Irgendetwas an der Art, wie er ihren Namen aussprach, berührte einen Gedanken ganz weit hinten in Cassies Kopf, aber sie konnte sich im Moment keinen Reim darauf machen.

„Pere Mal, bitte", flehte sie. „Ich werde alles tun, alles!"

Er seufzte bloß.

„Alles, was du tun kannst, ist warten", erwiderte er, wandte sich ab und lief weg, um sich mit leiser Stimme mit einem der Männer in Roben zu besprechen.

Cassie schluckte ein Schluchzen hinunter, während die Tränen jetzt ihr Gesicht und Hals befeuchteten. Gabriel und die Wächter waren nirgends zu sehen und anscheinend war keine Hilfe auf dem Weg.

Sie hatte ihren Gefährten weniger als drei Monate gehabt, ihr Kind nur einen Bruchteil davon. Wie konnte sie die beiden jetzt verlieren, wenn sie sie doch gerade erst gefunden hatte?

Ihre Augen schließend tat Cassie das Einzige, das ihr einfiel: sie betete.

13

„Verdammt", sagte Aeric, der über Gabriels Schulter in den magischen Spiegel spähte.

„Zwei Ergebnisse", fluchte Gabriel und schüttelte den Kopf. „Pere Mal verbirgt Cassies Standort irgendwie. Vielleicht ein Okklusionszauber."

„Wie sollen wir entscheiden, an welchen Ort wir zuerst gehen?", fragte Rhys, der einige Schritte entfernt über den Boden tigerte. Als Rhys und Asher aufgetaucht waren, hatte sich Gabriel dafür entschieden, den magischen Spiegel nach unten zum Konferenzraum zu bringen, damit sie alle ein wenig Raum zum Atmen und Bewegen hatten. Vier riesige Kerle in Aerics Gemächern hatte sich schnell als einengend erwiesen.

„Werfen wir eine Münze", schlug Asher vor. Gabriel drehte sich um, betrachtete den muskulösen Ex-Soldaten und verzog wütend das Gesicht, weil Asher lässig auf einem der Sofas des Herrenhauses lümmelte. Er wirkte absolut unbekümmert, als würde die Entführung von Gabriels Gefährtin rein gar nichts bedeuten. Okay, er hatte nur Rhys von dem Schwangerschaftstest erzählt, aber es würde Asher nicht umbringen, wenigstens den Eindruck zu machen, als würde er die Entsetzlichkeit der Lage erkennen.

Zum Teufel, sogar Aeric schaffte es, leicht gestresst auszusehen, und Aeric zeigte kaum jemals Emotionen.

„Rede nicht, außer ich fordere dich dazu auf", sagte Rhys und mischte sich ein, bevor Gabriel den eigenartigen Neuling des Herrenhauspersonals anbrüllen konnte. „Und Gabriel, du und ich werden an einen Ort gehen, Aeric und Asher zum anderen. Du entscheidest. Egal, zu welchem wir gehen, wir werden Cassie finden, ich verspreche es."

Gabriel kreiste mit dem Kopf und ließ seine Halswirbel knacken. Er widmete sich wieder dem magischen Spiegel und der Karte, die daneben ausgebreitet war. Eine Hand über die Karte haltend, schloss er die Augen und holte tief Luft, fand seine Mitte. Er spreizte seine Finger und dachte an nichts, während er seine Hand im Kreis bewegte und versuchte, sich einen Eindruck zu verschaffen.

Er stellte sich Cassie in Gedanken vor, wobei er seine fürchterliche Panik um ihr mögliches ungeborenes Kind beiseite schob. Rhys hatte Gabriel beigebracht, Prioritäten zu setzen, also tat er genau das. Er dachte an Cassie in seinem Bett, wo sie in seinen Armen lag. Er beschwor die Erinnerung an ihren Duft herauf, Vanille und Zimt. Die Weichheit ihrer Haut, die seidige Textur ihrer langen rötlichen Mähne. Die Zärtlichkeit in ihren hübschen grauen Augen, wenn sie ihn ansah, die Liebe, die er darin sah…

Gabriels Faust landete auf dem Tisch. Er sah nach unten und entdeckte, dass seine Knöchel direkt auf einem der beiden in Frage kommenden Orte lagen, einer Ansammlung von Friedhöfen in der Nähe der Treme Nachbarschaft, in der es sowohl ein hohes Aufkommen an Touristen als auch Kith-Aktivitäten gab.

„Ich schätze, dort gehen wir hin" sagte Gabriel und blickte zu Rhys hoch. „Aeric, ihr zwei geht zum Metairie Friedhof. Wir gehen zu den St. Louis Friedhöfen."

„Nummer Eins oder Zwei?", erkundigte sich Asher. Er sah aus, als würde er gleich gähnen, was Gabriel auch das letzte Fünkchen Beherrschung verlieren ließ. Gabriel warf ihm einen verächtlichen Blick zu.

„Wenn es so präzise wäre, hätte ich sie schon längst ohne deine Hilfe gerettet", schnauzte Gabriel ihn an. „Ich kann nur hoffen, dass ich, solltest du ein Wächter werden, dabei zuschauen kann, wie du mit deiner Gefährtin das Gleiche durchmachst."

Ashers Augenbrauen schossen in die Höhe und dann zog er eine wütende Miene und schüttelte den Kopf, während er sich erhob und Aeric in den Fitnessraum folgte, um sich auf ihre Mission vorzubereiten.

Das Team machte sich in Rekordzeit fertig, aber für Gabriel schien sich jede Minute in unendlicher Langsamkeit dahin zu ziehen. Als er und Rhys schließlich im Auto saßen und in die entgegengesetzte Richtung von Asher und Aeric rasten, überprüfte Gabriel nochmal seine Pistolen, Schwert und Zauberstab, bevor er seine Augen schloss und sich erneut auf Cassie konzentrierte.

Als Rhys und Gabriel nur noch ein Dutzend Blocks von den Friedhöfen entfernt waren, begann Gabriel, kurze Blitze von Cassies Emotionen zu erhalten. Herzzerreißende Furcht und Panik vermischt mit einer ruhigen Art von Wissen, als wäre sie kurz davor, sich mit ihrer Situation abzufinden. Gabriel öffnete die Augen und hämmerte auf das Armaturenbrett ein, womit er Rhys erschreckte.

„Sie denkt, dass ich nicht zu ihrer Rettung kommen werde", knurrte Gabriel. „Verdammt nochmal, wie kann sie so etwas nur denken?"

„Frauen sind nicht mein Fachgebiet", antwortete Rhys, der grimmig nach vorne starrte, während er mit dem SUV über eine rote Ampel raste. „Wie dem auch sei, Cassie wird in wenigen Minuten dein Gesicht sehen. Konzentrier dich auf sie und versuch herauszufinden, auf welchem Friedhof sie ist."

Gabriel schloss die Augen. Als sie auf die Straße bogen, die zwischen den zwei Friedhöfen verlief, hob Gabriel seine Hand und deutete.

„Nummer Eins, also", sagte Rhys. „Gibt mir ein schlechtes Gefühl. Das dritte Tor von Guinee soll dort angeblich sein."

Gabriel sagte nichts mehr, sondern öffnete die Augen und beobachtete, wie Rhys das Auto neben dem kunstvollen schmiedeeisernen Eingangstor des Friedhofs parkte. Sobald sie aus dem Auto gestiegen waren, erschrak sich Gabriel beinahe zu Tode, als ein lautes *Popp* viel zu nah erklang, gefolgt von einem Funkenregen. Magie?

„Jungs mit Feuerwerkskörpern", sagte Rhys, schnitt eine Grimasse und deutete auf eine Gruppe Teenager, die vor ihnen flohen und um eine Ecke verschwanden. Die *Popps*, das Knallen und die hellen Funken schwanden, aber verstummten nicht vollständig. Die Jungs waren also nicht sehr weit weg gegangen. Um ihretwillen hoffte Gabriel, dass sie sich heute Nacht vom Friedhof fernhielten. Pere Mal würde nicht zögern, einen menschlichen Zuschauer umzubringen, vor allem keinen, der so nervig war wie ein Junge mit Feuerwerkskrachern.

„Lass uns gehen", sagte Gabriel und trabte davon. Wenn sie Glück hatten, würde der Lärm der Feuerwerkskracher Gabriels und Rhys' Näherkommen übertönen und ihnen erlauben, sich unbemerkt an das Versteck heranzuschleichen, in dem Pere Mal herumlungerte.

Als sie den Friedhof betraten, marschierten sie geradewegs in ein endloses Labyrinth aus hohen, bröckelnden Mausoleen aus Backstein und Mörtel, weinenden Engelsstatuen und Steinkreuzen jeder vorstellbaren Form und Größe. Der Friedhof war alt, aber gepflegt. Hier und da lagen Blumen und Geschenke und es gab Zeichen der Hochachtung für die Toten. Gabriel patrouillierte diesen Friedhof regelmäßig, da es hieß, dass eine der bekanntesten Personen New Orleans, die Voodoopriesterin Marie Laveau, hier beerdigt wäre.

Gabriel führte sie zum älteren Bereich des Friedhofs. Der Gedanke an Marie Laveaus Grab erinnerte ihn an Rhys' vorherigen Kommentar über die Tore von Guinee. Laveaus Grab war angeblich eines der Tore und Gabriel nahm an, dass es einen Reiz auf Pere Mal ausüben würde, der Informationen durch Geflüster und alte Schriftrollen sammelte.

Es dauerte nicht lange, bis sie Pere Mal fanden. Einige seiner üblichen Schlägertypen in Anzügen waren in einem weiten Kreis aufgestellt, lehnten an Grabsteinen und hielten Wache. Wie Gabriel vermutet hatte, befand sich Pere Mal nur wenige Meter vom angeblichen Grab Marie Laveaus entfernt. Um ihn herum standen zwanzig oder mehr Männer in dunklen Roben mit Kapuzen, einer Art zeremonieller Tracht. Die Männer in den Roben waren kleiner und schmächtiger als Pere Mals Wachen, aber Gabriel hätte darauf gewettet, dass sie Voodoo praktizierten. Daher konnten sie sehr gut weitaus gefährlicher sein, vor allem während sie an einem solch magischen Ort standen.

Die Gruft an sich war klein, die Backsteine waren so verwittert, dass sie kurz vor dem Zusammenbruch standen. Die ganze Gruft war mit winzigen Kreide X versehen, die hoffnungsvolle Besucher hinterlassen hatten, die sich einen Gefallen von der berühmten Voodookönigin erhofften. Der Boden um die Gruft herum war knietief mit Blumen und Perlen und Kleinigkeiten, sowie unzähligen Gris-gris Säckchen bedeckt.

Pere Mal trug seinen üblichen Smoking und hielt einen furchterregenden Silberdolch in der Hand. In dem Gewühl der vielen Männer in Roben brauchte Gabriel einen Moment, bis er Cassie entdeckte. Sie war von Gabriels Position abgewandt, stand bei einer höheren Steingruft und war vom Kopf bis zu den Füßen an ein riesiges Steinkreuz gefesselt. Er konnte ihr Gesicht nicht sehen, aber ihr Kopf war zur Seite gekippt. Als Gabriel versuchte, ihre Emotionen zu erspüren, war da nichts. Er sah nur noch rot, als ihm klar wurde, dass sie bewusstlos war und dass Pere Mal vermutlich dafür gesorgt hatte. Seine temperamentvolle kleine Gefährtin war niemand, der einfach in Ohnmacht fiel.

Nachdem er Cassies Standort ermittelt hatte, bemerkte Gabriel noch eine Gestalt in der Szene. Eine zerbrechliche Brünette in einem weißen Nachthemd lag auf dem Boden, bleich und reglos wie eine Leiche. Nach einem Moment sah er, dass sich ihre Brust hob und senkte, was bedeutete, dass sie irgendwie noch am Leben war, auch wenn sich die Fremde in einem Koma oder Schlimmerem zu befinden schien. Besessen, verflucht… wer wusste das schon?

Gabriel zog seinen Zauberstab und Schwert, bereit, sich zu Cassie durchzukämpfen. Rhys' Hand auf seiner Schulter überraschte ihn und Gabriel sah zu seinem Freund und Wächterkollegen mit einem beinahe mörderischen Blick hoch. Rhys durchbohrte ihn mit einem harten Blick und hielt einen Finger hoch, mit dem er ihm zur Geduld riet.

Rhys zog sein Handy heraus und begann eine SMS zu schreiben und Gabriel musste sich schwer zusammenreißen, um ruhig zu bleiben. Nach einigen Augenblicken rückte Rhys näher an ihn heran und flüsterte in der leisesten möglichen Stimme: „Wir sind ihnen zahlenmäßig hoffnungslos unterlegen, mein Freund. Pere Mal wird dein Mädel ausweiden, bevor wir auch nur auf drei Meter an sie herankommen."

„Wir können nicht auf Aeric warten", protestierte Gabriel. „Pere Mal wird bald seinen Zug machen, ich kann es spüren."

„Lass mich wenigstens zuerst einige von den Männern

von hier fortlocken", sagte Rhys. „Das gibt uns immerhin eine Chance."

„Ich werde dich an meiner Seite brauchen", wandte Gabriel ein und musterte Rhys eindringlich.

„Das ist schon in Ordnung. Ich werde diese Jungs bezahlen, dass sie ein großes Theater veranstalten und alle ablenken", erklärte Rhys. „Das ist das Beste, das wir im Moment tun können."

„Stell sicher, dass sie es so weit wie möglich entfernt von hier machen und dann abhauen. Ich möchte nicht, dass Pere Mal sie erwischt, falls das hier schief geht."

„Natürlich. Gib dein Bestes und ich bin so schnell zurück wie ich kann."

Gabriel nickte langsam und winkte Rhys dann fort. Er wartete mehrere angespannte Minuten und erschrak, als Rhys auf leisen Sohlen wieder hinter ihm auftauchte. Rhys deutete in die Richtung des Eingangstores und bedeutete Gabriel dann, geduldig zu sein. Gnädigerweise begannen nur Sekunden später überall um sie herum Feuerwerkskörper zu zischen und zu krachen.

Pere Mal entfernte sich einige Schritte von Cassie, als Funken, Krachen und Knallen überall auf dem Friedhof erklangen. Die Gestalten in den Roben und Wachen zogen von dannen, um dem auf den Grund zu gehen, und Rhys folgte ihnen mit einem Ausdruck grimmiger Entschlossenheit im Gesicht. Gabriel konzentrierte sich erneut auf Cassie und Pere Mal, wobei er bemerkte, dass jetzt nur noch zwei Priester da waren, um Pere Mal Rückendeckung zu geben.

Schwert und Zauberstab gezückt griff Gabriel an. In dem Moment, in dem Pere Mal Gabriel sah, ging er zurück zu Cassie und drückte ihr den Dolch an die Kehle. Gabriel kümmerte sich zuerst um die zwei Männer in den Roben, indem er zwei Sprüche gleichzeitig abfeuerte, die sie zu Boden sinken ließen. Ein sanfter Schauer raste durch

Gabriel, eine Art ursprünglichen Wissens. Er hatte keine Zauber mehr gegen Menschen gewirkt, nicht seit Carolines Tod, aber jetzt feuerte er sie, ohne mit der Wimper zu zucken, ab.

Alles, um Cassie zu retten.

Er baute sich vor Pere Mal auf, Zauberstab und Schwert bereit. Pere Mal stand nur Zentimeter von Cassies gefesselter Gestalt entfernt. Ihr Kopf hing nach unten, sodass der flammendrote Vorhang aus Haaren ihr Gesicht verdeckte. Pere Mal besaß doch tatsächlich die Unverschämtheit, beinahe entspannt auszusehen, während der die fünfzehn Zentimeter lange Klinge an Cassies Schlüsselbein hielt, nur eine Haaresbreite davon entfernt, ihren verletzlichen Hals zu schneiden.

„Geh jetzt und ich werde dich nicht verfolgen", sagte Gabriel. „Das ist das beste Angebot, das du erhalten wirst."

Pere Mal warf den Kopf zurück und lachte, wobei seine Zähne im Mondlicht weiß aufblitzten.

„Du bist ein Narr, Wächter. Und zu spät, um Forderungen zu stellen", sagte Pere Mal und hob seine freie Hand, um Gabriel seine Uhr zu zeigen. „Nur noch wenige Sekunden. Kannst du es spüren, Wächter?"

Gabriel fühlte etwas. Hinter seiner gedämpften Wut und der eiskalten Angst, die seine Brust erfüllte, fühlte er, dass sich etwas regte, eine Vorahnung…

In der Ferne läuteten die Kirchenglocken Mitternacht ein. Zwölf langsame Schläge und mit jedem dröhnenden Laut spürte Gabriel, dass sich eine Energie um ihn herum formte und aufbaute. Die Dunkelheit schien dicker zu werden und sich auf eine Weise zu ballen, die sämtliche Haare an Gabriels Körper zu Berge stehen ließ. Ein metallischer Duft hing in der Luft, etwas Altes und Düsteres und Saures. Gabriel hatte keine Erfahrung in diesem Gebiet der Magie, aber er war sich fast sicher, dass Rhys' Worte Realität wurden.

Pere Mal öffnete eines der Tore von Guinee und verschaffte sich Zugang zum Reich der Geister.

„Nicht −", begann Gabriel, aber es war tatsächlich zu spät.

Schattenhafter Nebel drang aus der Dunkelheit, erhob sich und nahm Gestalt an, als die letzte Stunde schlug. Der Nebel formte sich zu gekrümmten, hageren Kreaturen, die zur Hälfte aus Schatten bestanden, substanzlos dennoch furchterregend. Vielleicht ein Dutzend von ihnen befanden sich zwischen Gabriel und Cassie und außerhalb von Gabriels Sichtfeld waren noch mehr. Er sprang auf den zu, der ihm am Nächsten stand, und durchbohrte ihn mit seinem Schwert. Das Metall schnitt direkt durch den Geist und bewirkte rein gar nichts.

Obwohl sich Gabriel nach etwas sehnte, das er bekämpfen konnte, vermutete er, dass die Kreaturen Cassie genauso wenig verletzen konnten, wie Gabriel sie mit seinem Schwert aufspießen konnte. Das war immerhin etwas.

„Meine Vorfahren", säuselte Pere Mal und die Kreaturen wandten sich ihm zu, krochen näher und näher. Einige von ihnen griffen mit fies aussehenden Fingern nach Cassie und untersuchte ihre bewusstlose Gestalt mit unverhohlener Neugier.

„Stopp das!", brüllte Gabriel und machte noch einen Schritt nach vorne.

„Ah, ah!", warnte Pere Mal und drückte den Dolch gegen ihre Haut, bis ein dünner roter Strich aus Blut erschien. „Keinen Schritt weiter, Zauberer. Du kannst selbstverständlich bleiben und zuschauen. Wir wollen schließlich nicht, dass du es verpasst, den Geist deines Kindes zu sehen, nicht wahr, Papa?"

Galle kroch Gabriel die Kehle hoch, als er Pere Mals Worte vernahm. Bevor er sie vollständig fassen konnte, bevor er noch irgendein Wort sagen konnte, schlug Pere

Mal seine freie Hand auf Cassies Bauch und schloss seine Augen. Die Geste bestätigte Gabriels größte Ängste.

Papa.

Gabriel schluckte und versuchte sich eine Möglichkeit einfallen zu lassen, wie er Pere Mal außer Gefecht setzen und einen Zauberspruch auf ihn abfeuern könnte. Wie er ihn so weit von Cassie fortlocken könnte, dass er richtig gegen ihn kämpfen könnte, ohne wegen des Dolchs an Cassies Kehle Angst haben zu müssen.

Pere Mal ignorierte ihn und skandierte stattdessen eine Reihe Worte in einer fremden Sprache. Nach einem Augenblick quoll Licht zwischen seinen gespreizten Fingern hervor und Pere Mal öffnete seine Augen und grinste.

„Da ist sie, Papa", verkündete Pere Mal und zog langsam seine Hand von Cassies Bauch.

Ein winziger Ball schimmernd weißen Lichtes schwebte ihr hinterher und in dem Moment, in dem Gabriel ihn sah, machte seine Seele einen Ruck. Genauso wie beim ersten Mal, als er Cass erblickt hatte, wusste er jetzt zweifelsfrei, dass dieses Ding, dieses winzige Licht, zu ihm gehörte.

Sein Kind.

„Bleib schön ruhig, Wächter", warnte Pere Mal. „Ich habe absolut kein Problem damit, deine kleine Gefährtin aufzuschlitzen, nachdem sie mich derartig hintergangen hat. Sie verdient viel Schlimmeres."

Gabriel fletschte die Zähne, aber seine gesamte Aufmerksamkeit galt dem schwebenden Licht.

„Allmächtige Vorfahren", sagte Pere Mal, dessen Stimme jetzt laut über den Platz hallte. „Wenn ihr bitte das neue Orakel in sein neues Zuhause geleiten würdet."

Pere Mal deutete auf die dunkelhaarige Frau, die auf dem Boden lag.

„Nein", flüsterte Gabriel, dessen Blick zwischen Cassie und dem flackernden Licht hin und her huschte.

Zu seiner Überraschung unterbrach das Licht seine

Bewegung einen Moment und schwebte dann einige Zentimeter in seine Richtung. Hatte es... ihn erkannt, irgendwie?

„Ja, komm zu mir", ermutigte er es und lockte es mit seinem Zauberstab heran.

„Ruhe!", donnerte Pere Mal.

Er zog den Dolch über Cassies Schulter, was ihr einen stöhnenden Laut entlockte und Blut strömte langsam ihren Körper hinab und durchweichte ihr weißes Shirt. Pere Mals Wutanfall schien den kleinen schwebenden Lichtklumpen zu erschrecken und es schwebte wieder auf Gabriel zu. Dieses Mal eine ganze Armlänge. Es kroch Zentimeter um Zentimeter vorwärts.

Gabriel wurde bewusst, dass er keine Ahnung hatte, was er tun sollte, wenn das kleine Licht ihn erreichte. Er konnte es unmöglich hier im Freien retten, nicht ohne Cassies Gebärmutter, die es schützte und nährte. Als er einen Blick zu Pere Mal wagte, der nur auf das Licht fixiert war und die versammelten Geister mit Flüchen bedachte, wusste Gabriel, dass er sein Glück versuchen musste. Etwas, irgendetwas.

Die schattenhaften Geister begannen das kleine Licht einzukreisen und Gabriel konnte nicht länger warten. Jeden Funken Magie in sich heraufbeschwörend konzentrierte er all seine Gedanken auf einen Zauber, mit dem er Pere Mal von Cassie wegschleudern würde. Er hielt den Zauber so lange er konnte in sich, die Augen auf den flackernden Geist geheftet, und dann schickte er ihn in einem hellen, gewölbten Strahl los, der funkte und zischte, als er Pere Mal direkt in die Brust traf.

Rhys erschien wie aus dem Nichts auf der anderen Seite der Fläche und hielt etwas in seiner Hand. Als Gabriel zu Cassie stürzte und Pere Mal mit fuchtelnden Armen nach hinten flog, trat Rhys an Marie Laveaus Mausoleum heran und begann mit Kreide Runen darauf zu zeichnen.

Ein saugendes Kreischen hallte durch die Luft und die

schattenhaften Gestalten aus Nebel zogen sich zurück. Anscheinend wurden sie von der Magie, welche auch immer Rhys gerade wirkte, vertrieben. Gabriel hielt an, als er das kleine Licht erreichte.

„Du musst nach Hause gehen", erzählte er ihm und umfasste es sanft mit seinen Händen. Sorgsam darauf bedacht, dass das Licht nicht seine Haut berührte, führte er es zurück zu Cassies gefesseltem Körper.

In dem Moment, in dem das Licht Cassie erreichte, schoss es nach oben zu ihrem Herz. Es schien zu zögern, unsicher zu sein.

„Nur zu", ermunterte Gabriel es. „Du wirst schon bald hier sein, ich verspreche es."

Das Licht sank in Cassies Haut und Cassie absorbierte es mit einem Keuchen. Ihr Kopf ruckte nach oben, wodurch ihr geschocktes Gesicht offenbart wurde.

„Gabe?", krächzte sie und kämpfte gegen die Seile an, die sie festhielten.

„Ich bin hier, Darling. Halt für mich still", beschwor Gabriel sie, steckte seinen Zauberstab weg und schnitt ihre Fesseln mit seiner Schwertspitze auf.

Cassie stürzte frei nach vorne, ihre Glieder waren von der Gefangenschaft ganz taub, und Gabriel ließ sein Schwert fallen, um sie in seinen Armen aufzufangen. Er drehte sich um und entdeckte Rhys, der mit seinem Schwert Pere Mal in Schach hielt, der wiederum außer sich vor Zorn wirkte.

„Ihr Wächter wisst gar nichts", spuckte Pere Mal aus. „Ihr könnt mich nicht aufhalten."

„Ach, wirklich?", donnerte Aerics Stimme lauter als Gabriel den Mann jemals sprechen gehört hatte.

Aeric und Asher tauchten zu beiden Seiten von Rhys auf und drängten Pere Mal rückwärts, sodass er von drei Seiten eingekesselt war.

„Ja, wirklich", entgegnete Pere Mal, dessen charakteristisches Grinsen zurückkehrte. „Ihr mögt das zukünftige Orakel haben, aber ich habe immer noch das Dritte Licht."

Er deutete mit einem knochigen Finger auf die Brünette am Boden, die jetzt mehrere Meter hinter ihm und außerhalb der Reichweite der Wächter lag. Gabriel bemerkte, wie sich Aeric versteifte und zu der Frau sah. Aeric bleckte die Zähne und sein Gesicht verzog sich, während er um Kontrolle rang.

„Gefährtin", zischte Aeric durch zusammengebissene Zähne.

„Keine Sorge, kleiner Bär. Ich mache dir gewissermaßen sogar einen Gefallen", sagte Pere Mal in einem Tonfall, der schon beinahe gesprächig klang. „Die hier ist sehr viel mehr, als du überhaupt handeln könntest."

Aeric stürzte sich auf Pere Mal, sein Schwert fiel klappernd zu Boden. Pere Mal trat einen geschickten Schritt zurück und bückte sich, um das Mädchen zu berühren und innerhalb eines Wimpernschlags waren beide verschwunden. Aerics Arme schlossen sich um leere Luft und ein Fauchen entrang sich seiner Brust.

„Aeric −", begann Rhys, aber seine Worte waren vergebens.

Aeric richtete sich zu voller Größe auf und straffte seine Schultern. Er warf den Kopf zurück und stieß ein schrilles, ohrenbetäubendes Brüllen aus, das immer lauter und lauter wurde, bis Cassie in Gabriels Armen zusammenzuckte und vor Furcht zitterte. Der Laut war unmöglich, kein Bär konnte einen solchen Lärm erzeugen...

Ohne Warnung schimmerte und krümmte sich Aerics Körper und dann verhüllte ihn ein blendender Lichtblitz. Gabriel zuckte zusammen und blinzelte, stolperte und zog Cassie einen Schritt zurück. Er spürte, dass ein übernatürlicher Wind über seinen Körper hinwegfegte, während sich seine Sicht wieder klärte und dann klappte Gabriel die Kinnlade herunter.

Aeric war fort. An seiner Stelle, sechs Meter lange Flügel spreizend und schwingend, die mit grellem, unglaublichem Gold bedeckt waren, befand sich…

Ein verdammter *Drache*. Er hob sich mit spielender Anmut in den Nachthimmel und war im Nu außer Sichtweite.

Aeric war fort.

14

Cassie klammerte sich die gesamte Autofahrt zurück zum Herrenhaus an Gabriel. Sie hatten nicht mehr als ein Dutzend Worte miteinander gesprochen. Gabriel war eindeutig viel zu angespannt, um sich ausführlich unterhalten zu können. Er hatte sie auf dem Friedhof in seine Arme gehoben und so fest an sich gedrückt, dass sie kaum hatte atmen können, und seitdem hatte er sie keinen Moment losgelassen. Cassie für ihren Teil war erschöpft und zufrieden damit, sich von ihrem Gefährten umsorgen und beschützen zu lassen, wie er wollte.

Nach dem Grauen der heutigen Nacht boten ihr seine Arme um sie den größtmöglichen Trost. Ihre Hände zitterten immer noch, wenn sie daran dachte, was sie beinahe alles verloren hatten, und Gabriels Berührung war das Einzige, das ihre rastlosen Ängste beruhigte.

Als sie in das Herrenhaus liefen, trug er sie direkt ins Wohnzimmer und legte sie behutsam auf eines der Sofas. Er kniete sich neben sie und umfing ihre Wange, neigte ihr Gesicht nach oben und gab ihr einen tiefen, seelenvollen Kuss.

„Ich möchte nichts lieber tun, als dich nach oben und in mein Bett zu bringen. Unser Bett", korrigierte er sich. Der leicht angespannte Humor ließ das Grübchen auf seiner Wange entstehen. „Aber wir müssen zuerst die Angelegenheiten hier klären, Liebes. Kannst du noch einige Minuten durchhalten?"

„Wirst du bei mir bleiben?", fragte Cassie und biss auf ihre Lippe. Sie hasste ihre Schwäche gerade, aber die Vorstellung, Gabriel aus ihrer Sicht zu lassen, hasste sie noch mehr.

„Natürlich. Ich gehe nirgendwo hin", versicherte Gabriel ihr und gab ihr noch einen langen Kuss. „Du musst genauso wie jeder andere Teil dieses Gesprächs sein. Du bist jetzt ein Teil der Wächterfamilie und du bist genauso in diesen Wahnsinn verstrickt wie jeder andere."

Cassie nickte. Heute Nacht hatte Pere Mal ihr beinahe unwiderruflich geschadet und hatte gedroht, noch Schlimmeres zu tun. Sie strich mit der Hand über die nackte Haut ihres Armes und registrierte, dass ihre Handschuhe fehlten. Ihre Narben waren vor aller Augen entblößt und dennoch...

Gabriel bemerkte ihr kurzes Unwohlsein und drückte ihre Hand.

„Möchtest du, dass ich deine Handschuhe hole?", fragte er.

Cassie schenkte ihm ein sanftes, dankbares Lächeln und schüttelte dann den Kopf.

„Nein. Du hattest recht. Die Wächter sind jetzt meine Familie und ich werde mich nicht vor ihnen verstecken. Ich glaube nicht, dass ich es noch tun muss, nicht mehr."

Gabriel umarmte sie erneut fest und küsste ihren Scheitel. Bevor sie ihr Gespräch fortführen konnten, erschien der Rest der Wächter in einer lärmenden Gruppe, da sich bereits eine lebhafte Diskussion entwickelt hatte. Rhys und Echo führten die Gruppe an und Asher folgte ihnen mit stählerner Miene. Mere Marie und Duverjay liefen hinter ihnen her. Mere Marie flüsterte leise und harsch auf den Butler ein. Cairn trottete als Letzter herein, sein glattes Fell glänzte, als er auf den Konferenztisch sprang, wobei er aussah und sich verhielt als wäre er königlich.

Gabriel half Cassie auf die Füße, obwohl sie sich mittlerweile sehr viel sicherer fühlte, und sie gesellten sich zum Rest der Gruppe an den massiven Eichentisch.

Echo sprang auf und kam herüber, um Cassie zu umarmen.

„Ich bin so froh, dass es dir gut geht", sagte Echo, der Tränen in den Augen standen. „Ich wünschte, ich hätte Pere Mal davon abhalten können, dich mitzunehmen. Es tut mir so leid, dass ich nicht mehr tun konnte."

„Mir geht's gut, wirklich", beteuerte Cassie. „Ich wünschte auch, dass ich mehr hätte tun können. Sie haben uns alle reingelegt."

„Wir müssen Pere Mal das Handwerk legen", sagte Echo, rutschte auf ihren Stuhl und schlug mit der Hand auf den Tisch. „Er kann nicht einfach in unser Haus eindringen und Leute entführen!"

„Ich verstehe nicht, wie das passieren konnte", sagte Gabriel und wandte sich mit einem eindeutig bedrohlichen Tonfall an Mere Marie. „Die Schutzzauber des Herrenhauses sollten doch angeblich undurchdringlich sein. Ich kann meine Gefährtin nicht hier lassen in dem Wissen, dass Pere Mal jederzeit hier hereinspazieren kann, wenn ihm der Sinn danach ist. Das ist inakzeptabel."

Mere Marie zog eine Braue hoch und legte den Kopf schief und einen Moment fürchtete Cassie, dass die ältere Frau eine böse Erwiderung zurückschleudern und damit einen Streit entfachen würde, den niemand gewinnen könnte. Stattdessen überraschte Mere Marie sie.

„Ich habe unseren Feind unterschätzt", gestand Mere

Marie und schürzte die Lippen. „Das wird nicht noch einmal passieren."

„Aber wie ist er reingekommen?", fragte Asher ganz geschäftsmäßig.

Cairn erhob sich und mischte sich mit seinem heiseren, rauen Schnurren einer Stimme in das Gespräch ein.

„Wie es scheint, hat er eine unserer Reinigungskräfte gezwungen ihm zu helfen", erklärte der Kater, dessen Schnurrhaare zuckten. „Sie kam vor einigen Tagen und stank nach Furcht. Ich hätte das näher untersuchen sollen. Alle vom Personal werden intensiv durchleuchtet und geben uns umfangreiche Empfehlungsschreiben, aber anscheinend hat Pere Mal die Spielschulden der Frau aufgekauft und sie erpresst, damit sie ihm hilft, die Schutzzauber vorübergehend außer Kraft zu setzen. Das haben wir übersehen."

Einige Momente herrschte Schweigen.

„Wir werden jetzt das gesamte Personal befragen müssen", sagte Rhys. „Wie viele Kith arbeiten hier?"

„Sieben", antwortete Duverjay. „Ich würde mich gerne persönlich dafür entschuldigen, dass ich diese Frau in das Herrenhaus gelassen habe. Ich betrachte es als meine Aufgabe, das Personal zu leiten, und wenn ich irgendeine Ahnung gehabt hätte…"

„Es macht keinen Sinn über etwas zu reden, das jetzt nicht mehr zu ändern ist", unterbrach ihn Mere Marie mit einem Schwenk ihrer Hand. „Wir kümmern uns bereits um strengere Sicherheitsmaßnahmen. Deswegen wurde schließlich Asher hergebracht. Er wird in diesem Bereich die Zügel in die Hand nehmen."

„Was beabsichtigst du zu tun?", wollte Gabriel von Asher wissen.

„Zunächst einmal werde ich ein hochmodernes Sicherheitssystem vom Feinsten installieren. Ich werde auch vorschlagen, dass wir einen Zeitplan ausarbeiten, um sicherzustellen, dass zu jeder Zeit mindestens ein Wächter im

Herrenhaus ist. Und wir werden einen Wachmann einstellen, der Echo oder Cassie jedes Mal begleiten wird, wenn sie das Herrenhaus verlassen", erläuterte Asher. Auf Echos skeptischen Blick hin ergänzte er: „Einen diskreten Wachmann. Du wirst ihn kaum bemerken. Eine Vorsichtsmaßnahme, bis wir diese Angelegenheit mit Pere Mal geregelt haben."

Gabriel nickte und wirkte zufrieden. Cassie gefiel die Vorstellung nicht, jede Sekunde ihres Lebens bewacht zu werden, aber sie wollte auch kein Risiko eingehen. Nicht nach heute Nacht. Nicht mit… ihrer Tochter.

Cassie verlor den Gesprächsfaden für einen Moment, weil sie noch einmal über Pere Mals Beharren, dass Cassies Kind ein Mädchen werden würde, nachdachte. Selbst jetzt war Cassie zu überwältigt von dieser Vorstellung und davon, schwanger zu sein. Mit Gabriels Kind.

Dennoch begeisterte die Vorstellung einer Tochter sie. Mehr als das sogar. Als sie ihren Fokus nach innen richtete und das neue Leben, das in ihrem Inneren heranwuchs, studierte, schien das Wort Tochter einfach… richtig zu sein.

Ein Lächeln kräuselte ihre Lippen und sie zeichnete mit ihrer Fingerspitze Kreise auf den Tisch. Erschöpfung überkam sie, als ihre Angst langsam zu verblassen begann. Sie bemerkte, dass es ihr immer schwerer fiel, die Augen aufzuhalten, aber versuchte, sich auf das Gespräch zu konzentrieren.

„Heute Nacht können wir wegen Pere Mal nichts mehr unternehmen", sagte Mere Marie gerade. „Cairn und ich haben die Schutzzauber erneuert und sämtliches Personal von außerhalb ist für den Moment nach Hause geschickt worden. Mit so wenig Schlaf und ohne Aeric können wir ohnehin nicht viel ausrichten."

Ein Moment der Anspannung dehnte sich aus, als alle an den dritten Wächter dachten.

„Ich muss es wissen…", sagte Rhys und fixierte Mere

Marie mit einem harten Blick. „Wusstest du, dass er kein Bärengestaltwandler ist?"

„Natürlich", erwiderte Mere Marie, die beleidigt wirkte. „Das ist der Grund, weshalb ich mich für ihn entschied. In unserer Zeit gibt es nur noch so wenige von ihnen und Aeric ist einer der ältesten und mächtigsten lebenden Drachen."

„Und dennoch steht er in deiner Schuld", wunderte sich Echo laut, wofür sie einen bösen Blick von Mere Marie kassierte.

„Ich verstehe nicht, warum du es uns nicht einfach erzählt hast", mischte sich Gabriel ein. „Wir sollten wissen, mit wem wir zusammenarbeiten, oder etwa nicht?"

Mere Marie schenkte ihm ein bitteres Lächeln und zuckte mit den Schultern.

„Aeric ist sehr eigen. Drachen werden in unserer Welt nicht verstanden. Sie werden sogar gejagt. Wenn Pere Mal auch nur den leisesten Schimmer von Aerics wahrem Wesen hätte, könnte er sogar in noch größeren Schwierigkeiten stecken als seine zukünftige Gefährtin. Ich nehme an, dass wir das Dritte Licht heute Nacht entdeckt haben?"

„*Aye*", bestätigte Rhys kopfnickend. „Bewusstlos, vermutlich betäubt, wahrscheinlich irgendwo in einem Schlupfwinkel angekettet. Aeric steht ein schwerer Weg bevor. Wir kennen nicht einmal ihren Namen, geschweige denn wissen wir, wo wir mit der Suche nach ihr anfangen sollen."

„Alice", sagte Cassie. Alle blickten überrascht zu ihr und forderten sie stumm dazu auf, ihnen ihr Wissen zu erklären. „Wir kennen einander aus dem Vogelkäfig. Sie ist so mysteriös wie Aeric, aber… nach dem wenigen zu urteilen, das ich über sie weiß, kann ich verstehen, warum sie für einander bestimmt sind. Alice verfügt über Kräfte, die ich nicht einmal ansatzweise begreife oder erklären kann. Sie sind erschreckend."

„Ein Drache und seine Gefährtin… das wird explosiv

werden", prophezeite Cairn. Cassie war sich ziemlich sicher, dass der Kater grinste, wenn so etwas überhaupt möglich war.

Das Gespräch plätscherte dahin, während jeder Vermutungen über Alice und Aeric anstellte, Drachen und… was auch immer Alice war. Cassie rückte ihren Stuhl näher zu Gabriels und lehnte sich an ihn. Sie stieß ein zufriedenes Seufzen aus, als er einen großen Arm um sie schlang. Ihr Kopf sackte auf seine Schulter, ihre Augen wurden schwer…

Das nächste, das sie bemerkte, war, dass sie erneut in Gabriels kräftigen Armen lag, während er sie die Treppe hoch und direkt in ihr Schlafzimmer trug. Gabriel legte sie auf das Bett und entkleidete sie schweigend, jede seiner Berührungen sanft, sein Blick besitzergreifend.

Nachdem er die dicke Decke über sie gezogen hatte, schlüpfte er aus seiner Uniform und neben sie ins Bett.

„Komm her, Darling", sagte er, drehte sich auf die Seite und zog sie an seinen Körper. „Ich brauche dich ganz nah bei mir. Ich − ich hätte nie…"

Cassie spürte den leichten Schauder, der Gabriels Körper schüttelte, das Aufwallen von Furcht und Wut und Schock, die zu tief griffen, als dass sie in Worte gefasst werden könnten. Sie drehte sich in seinen Armen um und küsste ihn, weil sie wusste, dass es nun an ihr war, ihn zu trösten.

„Ich bin hier", versprach sie. Sie nahm seine Hand und führte sie nach unten zu ihrem Bauch. Sie spreizte seine Finger auf ihrer bloßen Haut, erinnerte und beruhigte ihn zugleich. „Wir sind in Sicherheit."

„Wir", sagte Gabriel und sah mit etwas wie Staunen hinab auf ihren Bauch. „Es tut mir leid, Darling. In diesem ganzen Schlamassel habe ich nicht einmal gesagt… Zum Teufel, ich weiß nicht einmal, was ich sagen soll."

Cassie zögerte, während ein Anflug von Furcht ihr Herz packte.

„Du bist glücklich, oder?", fragte sie.

Gabriel drückte einen hauchzarten Kuss auf ihre Lippen, womit er ihr den Atem raubte.

„Es gibt keine Worte dafür, wie ich mich fühle", erklärte er. „Glücklich reicht nicht. Begeistert? Stolz? Überrascht auf jeden Fall."

Er streichelte mit einer Hand über ihren Körper, glitt ihre Hüfte hinauf.

„Ein bisschen verängstigt?", fragte Cassie und lächelte ihn schief an.

„Gott, ja", antwortete Gabriel glucksend. „In was für einer Welt wir doch leben. Und jetzt haben wir dieses neue Leben hineingebracht, schutzlos…"

„Sie hat dich zu ihrem Schutz", wandte Cassie ein und verschloss seine Lippen mit einem weiteren Kuss.

Gabriel versteifte sich.

„Sie?", fragte er und löste sich von Cassie, um ihr in die Augen zu sehen.

„Ich… ich glaube es", sagte Cassie, während sich ein Grinsen auf ihrem Gesicht ausbreitete. „Ich denke, wir werden eine Tochter bekommen."

Der Ausdruck von Freude und Entsetzen auf Gabriels Gesicht brachte Cassie zum Lachen. Sie wusste genau, wie er sich fühlte, weil ihr Herz mit den exakt gleichen Gefühlen angefüllt war.

„Noch nicht einmal auf der Welt und schon macht sie dir das Leben schwer, hm?", sagte Cassie.

Gabriel lachte und der Laut wärmte Cassie bis in die Knochen. Sie kuschelte sich an ihn, atmete seinen wunderbar männlichen Duft ein und seufzte.

„Ich kann nicht wachbleiben", warnte sie Gabriel. „Ich möchte alle möglichen schmutzigen Dinge mit dir tun, aber ich bin mir ziemlich sicher, dass ich das Meiste verpassen würde."

Gabriel streichelte über ihr Haar und lachte schnaubend.

„Ich denke, ich kann meiner schwangeren Gefährtin eine Nacht der Ruhe gönnen, nachdem sie entführt und misshandelt wurde", sagte er, wobei seine Worte gegen Ende bitter wurden.

„Du hast mich aber gerettet", erinnerte Cassie ihn und ließ ihre Augen zufallen. „Und ich bin mir ziemlich sicher, dass ich in ein paar Stunden großes Interesse an deinen Zärtlichkeiten haben werde. In letzter Zeit bin ich immer ganz… kribbelig aufgewacht. Ich schiebe alles auf die Hormone."

In Gabriels Brust rumpelte ein Lachen, während er sie weiterhin träge streichelte. Cassie erlaubte sich, sich der sanften Behaglichkeit hinzugeben. Sie war fast eingeschlafen, als ihr ein sehr wichtiger Gedanke in den Sinn kam, und sie riss sich unter großer Anstrengung aus dem Land der Träume.

„Gabe?", fragte sie.

„Ja, Darling?", murmelte er und strich mit den Lippen über ihren Haaransatz. Anscheinend war der temperamentvolle Wächter von ihrer Umarmung genauso eingelullt worden wie sie.

„Falls es ein Mädchen *ist*", sagte Cassie, „dachte ich, dass wir sie Caroline nennen könnten. Nach deiner Schwester."

Gabriel sagte nichts, sondern zog sie nur näher und küsste ihre Lippen. Cassie konnte die Liebe und Dankbarkeit in seinem ganzen Wesen spüren, eine perfekte Spiegelung ihrer eigenen Emotionen. Sie lächelte an seinen Lippen und driftete in den Schlaf in dem Wissen, dass sie noch nie glücklicher oder sicherer gewesen war als in Gabriel Thornes Armen.

SCHNAPP DIR EIN KOSTENLOSES BUCH!

MELDE DICH FÜR MEINEN NEWSLETTER AN UND ERFAHRE ALS ERSTE(R) VON NEUEN VERÖFFENTLICHUNGEN, KOSTENLOSEN BÜCHERN, RABATTAKTIONEN UND ANDEREN GEWINNSPIELEN.

kostenloseparanormaleromantik.com

AUSSCHNITT: SPRICH NICHTS
BÖSES, BUCH 3

Dominic „Pere Mal" Malveaux stand am *End of The World*,
der dramatischen Stelle, an der die Uferlinie New Orleans
direkt geradeaus führte, ehe sie sanft hinab zum Mississippi
abfiel, und sann über die Ereignisse der vergangenen
Monate nach. Diese Stelle war besonders beliebt bei den
Einheimischen, da es ein Ort war, von dem aus man direkt
ins Wasser laufen konnte. Ein guter Platz, um beispielsweise
den Tag zu verbringen oder die Schönheit der Küste Loui-
sianas zu bewundern.

Oder um über die eigenen Fehler und Erfolge nachzudenken, wie er es gerade tat.

Pere Mal strich mit den Händen über die Vorderseite
seines Anzuges und ignorierte, wie die salzige, feuchte Brise
um ihn wirbelte. Er holte tief Luft und beobachtete, wie ein
Schleppboot ein Schiff den Fluss hinabführte. Einen
Augenblick verspürte er einen merkwürdigen Anflug von
Eifersucht auf das Schiff. Er wollte auch diese Art der
Führung, brauchte sie. Wieder und wieder hatte er die
Geister seiner Ahnen heraufbeschworen, die normalerweise
ein gesprächiger Haufen waren.

Aber jetzt… nicht ein Piep. Seit jener Nacht, dem Desaster auf dem St. Louis Friedhof I, schwiegen seine Vorfahren. Als er sie heraufbeschworen hatte, hatte er sie zwar spüren können und gewusst, dass sie anwesend waren, aber sie hatten ihm nichts verraten. Keinen Ratschlag gegeben, keine Blicke in die Zukunft oder Vergangenheit gewährt. Nicht die geringste Hilfe, nur stoischer Gleichmut.

Wie es schien, hatten die Alpha Wächter Pere Mal nicht nur das Erste und Zweite Licht entrissen, sondern ihn auch noch in den Augen seiner Ahnen herabgewürdigt. Pere Mals Hände ballten sich zu Fäusten, während er über den Fluss schaute und darum rang, die Beherrschung nicht zu verlieren.

Er wollte nichts lieber tun, als um sich zu schlagen, die lästigen Bärengestaltwandler anzugreifen und ihr stark geschütztes Gemeinschaftshaus niederzubrennen. Aber nein, das würde er nicht tun. Er brauchte das Erste und Zweite Licht nach wie vor, irgendwann. Fürs Erste würde er sich zurücklehnen müssen, damit sie sich in Sicherheit wogen und ihre Sicherheitsmaßnahmen vernachlässigten.

Fürs Erste musste er den Wächtern auf subtilere Weise schaden. Die zwei Wächter, die mit dem Ersten und Zweiten Licht verbunden waren, versteckten ihre Gefährtinnen sicher hinter Schloss und Riegel. Es gab keinen leichten Weg, um diese Verteidigungswälle niederzureißen. Der dritte Wächter war unauffindbar… eine unglückselige Sache, da Pere Mal Berge versetzen würde, um einen lebenden, atmenden Drachen in die Finger zu bekommen. Selbst wenn sich die Kreatur niemals seinem Willen beugen würde, könnte er doch Unmengen an Geld durch den Verkauf seines Blutes, Zähne und Schuppen verdienen.

Also blieb nur der vierte Wächter, auch wenn sich Pere Mal unsicher war, ob seine Mitgliedschaft schon offiziell war. Zum Glück hatte Pere Mal den Neuling kommen sehen und einen Plan ersonnen, um sicherzustellen, dass der Gestaltwandler nicht mehr lange ein Problem sein würde.

Nachdem er sein Handy aus seiner Tasche gezogen hatte, scrollte er durch seine Kontaktliste und drückte auf Anrufen.

„Monsieur", erklang sofort die Antwort des Mannes, dessen starker deutscher Akzent seine Worte verlangsamte. „Wie kann ich Ihnen zu Diensten sein?"

„Du hast das Mädchen noch, über das wir zuvor sprachen, richtig?", erkundigte sich Pere Mal.

„*Ja*, natürlich."

„Sie muss zu einem Wohnhaus an der Esplanade geliefert werden."

Es entstand eine Pause.

„Ich verstehe nicht", erwiderte der Mann.

„Ich werde dir eine Adresse texten. Ich möchte, dass sie im Vorgarten abgesetzt wird, so auffällig wie möglich."

„Monsieur, Sie haben vor, sie freizulassen? Sie könnte die ganze Stadt mit einem Gedanken dem Erdboden gleichmachen, wenn die Bedingungen stimmen."

Pere Mal verzog ärgerlich das Gesicht.

„Das wird nicht passieren. Sie befindet sich momentan in einer Ruhephase und ist für mich nutzlos, bis sie… lass uns sagen, *aktiviert* wird. Damit das geschieht, musst du aufhören, Fragen zu stellen und meine Wünsche ausführen."

„Natürlich, Sir."

„Sobald ich die Bestätigung erhalten habe, dass sie abgeliefert wurde, werde ich dir die Bezahlung zukommen lassen, wie wir es besprochen haben", sagte Pere Mal, der bereits das Interesse verlor.

„Sir, wenn ich −"

Pere Mal beendete den Anruf und schob das Handy wieder in seine Anzugtasche. Während er über das Wasser schaute, fühlte er sich zum ersten Mal seit Tagen zufrieden.

Bald wären die Tage, an denen er vor seinen Ahnen zu Kreuze kroch und nach mehr Macht und Einfluss bettelte, vorbei.

Alles, was er brauchte, war ein kleines Druckmittel und das hatte er gerade in die Wege geleitet. Sich vom Fluss abwendend schmunzelte Pere Mal.

Tout vient à point à qui sait attendre.

Gut Ding braucht Weile, *n'est-ce pas?* Gut Ding braucht Weile.

ÜBER DEN AUTOR

Kayla Gabriel lebt in der Wildnis Minnesotas, wo sie, das schwört sie, Gestaltwandler in den Wäldern hinter ihrem Garten sieht. Ihre liebsten Sachen auf der ganzen Welt sind Mini-Marshmallows, Kaffee und wenn Leute ihren Blinker benutzen.

Tritt mit Kayla via E-Mail in Kontakt:
kaylagabrielauthor@gmail.com und vergiss nicht, dir ihr
KOSTENLOSES Buch zu sichern:
http://kostenloseparanormaleromantik.com

http://kaylagabriel.com